闪闪奇遇记

〔美〕莱曼·弗兰克·鲍姆◎著

冷巧稚◎译

中国出版集团 现代出版社

图书在版编目（CIP）数据

闪闪奇遇记 /（美）莱曼·弗兰克·鲍姆著；
冷巧稚译 . -- 北京：现代出版社，2017.10
ISBN 978-7-5143-6513-9

Ⅰ . ①闪… Ⅱ . ①莱… ②冷… Ⅲ . ①童话—
美国—现代 Ⅳ . ① I712.88

中国版本图书馆 CIP 数据核字 (2017) 第 239585 号

闪闪奇遇记

作　　者：[美]莱曼·弗兰克·鲍姆　著
译　　者：冷巧稚
责任编辑：张　霆　王志标
出版发行：现代出版社
地　　址：北京市安定门外安华里 504 号
邮政编码：100011
电　　话：010-64267325　64245264（传真）
网　　址：www.1980xd.com
电子邮箱：xiandai@vip.sina.com
印　　刷：三河市宏盛印务有限公司

开　　本：890mm×1240mm　1/32　　印　张：8.25
版　　次：2018 年 1 月第 1 版　　　印　次：2018 年 1 月第 1 次印刷
字　　数：125 千字　　　　　　　　书　号：ISBN 978-7-5143-6513-9
定　　价：33.00 元

译者序

美国儿童文学作家莱曼·弗兰克·鲍姆（L. Frank Baum，1856—1919）的作品经久不衰，历经一个世纪的洗礼后，依旧为全世界的儿童文学爱好者所津津乐道。鲍姆毕生为世界儿童文学贡献了六十多部瑰宝，本书便是其中的一部。

《闪闪奇遇记》译名的由来

原著名为 *Twinkle and Chubbins*，于1911年在美国出版，由六个独立的小故事组成。Twinkle是书中女主人公的名字，Chubbins是书中二号人物——Twinkle好朋友的名字。本书将其译为《闪闪奇遇记》也是经过了深思熟虑。

首先，在人物姓名上，译者没有选择音译。例如，没把 Twinkle 译为"唐可""淳可儿"或"唐克尔"之类的中文名；而是基于 twinkle 这个英文单词的其中一个中文释义为"闪烁，闪耀"，并结合主人公 Twinkle 乐观开朗的性格特点和光芒四射的人格魅力，加上中国的姓名文化特征，最终定下了叠音词"闪闪"这个译名，一定程度上也更能迎合小读者的阅读心理。同理，译者将书中的 Chubbins 译为"胖胖"；将鲍姆另外两部著作《拖拖历险记》系列中的主人公 Trot 译为"拖拖"，而非"特洛特"或"特利特"等。

其次，译者没有将书名译为《闪闪和胖胖》，主要是基于故事中闪闪的六段神奇的冒险经历而做出的决定；同时，这个译名更适合打造"主题系列"。在此之前，译者已经设计并翻译了拖拖历险记系列；在此之后，又推出了魔幻传奇系列。这种"主题系列"的想法，也得到了编辑老师们的广泛认可。译者本打算将一本原著改编成六册丛书，即闪闪奇遇记系列，将这些精短独立又不失关联的小故事集合起来，满足读者们的猎奇需求，最终产生了《闪闪奇遇记》。

《闪闪奇遇记》中的奇遇

《闪闪奇遇记》跟《绿野仙踪》一样，具备了天马行空的想象，充盈着寓教于乐的魔力。它与许多构思成人化、语言考究工整的成人童话不同，而是贯彻了鲍姆一贯的写作风格：语言平实幽默、以故事之奇制胜、用离奇有趣的情节打动读者。

闪闪和胖胖误入糖果山，糖果筑成的世界十分美好：糖果城堡、糖果国王、糖果公主、糖果臣民、糖果马车……符合孩子们对糖果世界的一切幻想。但是，满满的糖果真能代表满满的幸福吗？

英俊善良的王子被施了魔法，变成了可怜无助的淡水龟。他拖着弱小的身躯与闪闪并肩作战，对抗邪恶的巨人，究竟需要多大的勇气和智慧才能支撑得起这份挑战呢？

乌鸦吉姆是个彻头彻尾的恶棍，坏事做尽，把平静和谐的森林搅得乌烟瘴气，但法网恢恢……可是，当我们顺理成章地等待吉姆接受法律的制裁时，结果却大出意料。

梦境是现实的加工品。一次睡梦中，闪闪闯入了土拨鼠的国度，邂逅了土拨鼠先生。因为触及了土拨鼠国家的法律，闪闪被残忍地定罪行刑……

闪闪与土拨鼠的缘分不仅仅存在于这场梦境。在一次野餐的过程中，她还与同伴胖胖进行了一场别开生面的土拨鼠小镇之旅呢！

为了能让爸爸在晚饭时吃到蓝莓，闪闪进入了大峡谷，她在采摘莓子的过程中，一不小心越过了"魔法线"，瞬间从平凡的人类世界穿越到了奇幻的魔法世界……

书中六个小故事生动有趣，它们可以让读者"放肆"地实现遥不可及的欲望，也让大家陷入阵阵思考。鲍姆本不崇尚教条式的灌输或感化，只想给读者带来"快乐"，往往在这种简单的快乐背后，我们感知到的却更多。

《闪闪奇遇记》入选的其他理由

鲍姆的《绿野仙踪》系列在世界范围内享有盛誉，在广大的中国儿童文学读者中更是有着显赫的地位。译者的书架上藏有奥兹国系列的所有作品，每每看到它们，我都禁不住赞叹，赞叹这位儿童巨匠的神来之笔，多么巧妙的构思！多么充满灵气的角色！多么令人折服的想象力！同时，我也在思考这个问题：除了奥兹国系列，中国读者了解过这位儿童文学巨匠的其他作品吗？

答案多半是否定的。中国读者对鲍姆是关注的、好奇的；对鲍姆的作品是肯定的、期待的；但了解鲍姆作品的渠道却是相对狭窄的、局限的。多数读者只能了解到鲍姆的代表作品——通常情况下是最先被引入中国市场并翻译成中文的作品。这些优秀的代表作品被一译再译，一版再版：不同的出版社、不同的译者、不同的封面、不同的包装……结果导致了鲍姆其他佳作缺乏中文译本的现象。

《闪闪奇遇记》就是一个例子。尽管这本书在欧美各国多次出版，被翻译成多种语言进行传播，受到了广大读者的热烈追捧，但是，因为缺乏中文译本，它在中国读者眼中却稍显陌生。根据各项检索记录显示，在 2015 年 7 月《闪闪奇遇记》电子书问世之前，*Twinkle and Chubbins* 在中国市场上并无其他中文译本。电子书问世后，"闪闪奇遇记"这个主题系列的想法受到了出版机构的欢迎。（《拖拖历险记之天空岛》《姜饼人的奇幻冒险》和《无忧国的神奇之旅》也属类似情况）。如今，在各位编辑老师的指导下，《闪闪奇遇记》的纸版书就要面市了，我们期待着这部作品能为读者带来既经典又崭新的阅读体验，这也应该是它最重要的意义所在。

《闪闪奇遇记》给予我们快乐

在很多人看来，童书属于 12 岁以下的儿童，这部分读者对事物的认知达到了一定水平，同时还保持着强烈的好奇心理，对世界怀有白日梦般的憧憬，所以最容易与主人公的经历产生共鸣。

但是，我相信，很多而立之年、不惑之年，甚至古稀之年的读者都会爱上这样的童话。就像当时已经步入中年的鲍姆，他坦然宣称自己无法抗拒童书的魅力，更强烈呼吁让孩子们从童话书中寻找欢乐！

也许，你的心里曾经历过这一切，那么，请让《闪闪奇遇记》带你回味从前；也许，你未能经历这一切，那么，请让《闪闪奇遇记》带你体味一番！

其他

感谢各位编辑老师在翻译及出版过程中的认真审校和悉心指导！限于个人学识，翻译过程如有错漏之处，请各位读者多多原谅和不吝赐教！

冷巧稚

目录

闪闪奇遇记一：糖果山

闪闪奇遇记四：土拨鼠先生

闪闪奇遇记五：闪闪的魔法

闪闪奇遇记六：草原土拨鼠小镇

闪闪奇遇记一：
糖果山

糖果山

第一章　金钥匙

闪闪来老朋友胖胖的家做客啦，胖胖的妈妈在阿肯色州奥索卡山脚下的一个小镇教书，而闪闪住在达科他州①，所以胖胖家周围高耸的大山让她吃惊不已。

附近的地方，她觉得一伸手就能碰到的——是又高又圆又大的糖果山。朝南一点是脊梁山，顺着山峰再远一点就是水晶山。

在闪闪来做客的第二天，她就请求年龄相仿的胖胖带她去看看那些山。胖胖让妈妈装了一篮子好吃的东西，接

---

① 达科他州是美国中北部的州，有南北之分。

着就出发了。两个孩子手拉手，在山坡上"勘探"起来。

去糖果山的路比闪闪想象得要远，等到了山脚下的时候，他们已经累得走不动了，这里的石头山坡上长满了灌木和树苗。

"咱们吃点东西吧！"胖胖建议。

"好哇！"闪闪说。

他们向上爬了爬，发现一个平放着很多大石头的地方，于是便坐在一块扁平的大石头上休息，吃了一些三明治和蛋糕。

"大家为什么叫它'糖果山'呢？"小女孩高高地仰起头，望着山顶问。

"我也不知道。"胖胖回答。

"好奇怪的名字呀！"闪闪若有所思地说。

"可不是嘛！"小男孩表示赞同，"也可以叫'姜饼''岩盐'或'茶点'之类的呀！人们总爱给大山起搞笑的名字，是吧？"

"好像是这么回事。"闪闪说。

他们坐在一块扁平的大石头边沿上，把腿搭在另一块差不多大的石头上休息。这些石头好像已经放在这里很久

闪闪和胖胖

很久了，像是古代的巨人不经意地把它们散落在这里，然后自己离开了似的。但是，当孩子们用脚去推石块时，大石块突然轻轻晃动起来，然后向下滑去。

"小心！"看到大石头移动，小女孩惊恐地大叫起来，"我们会跌下去摔伤的！"

还好他们紧紧抓住屁股下面的那块石头，没受什么伤，大厚石板也没从原地移动太远。

石板只从原地向下移动了几英尺，孩子们却发现下面好像有个小铁门，就在那块坚硬的石头下面，随着上方石头的移动显露出来。

"啊！是扇门！"闪闪惊呼。

胖胖双膝跪在地上，仔细研究起那扇门，门上有一个类似把手的圆环，他抓住圆环，使劲地拉，可惜没有动静。

"门被锁上了，闪闪。"他说。

"你觉得下面藏了些什么？"她问。

"可能是宝藏！"胖胖好奇地把眼睛瞪得老大，说道。

"哎，胖胖，有宝藏我们也拿不到，所以还是继续爬山吧！"务实的闪闪说。

她从坐的地方下来，走到门前，不小心踢掉了石头上

"可能是宝藏！"

的一个小碎块，碎石从山上落了下去。这时，她突然停了下来，惊奇地大叫一声，原来被她踢掉的碎石下面有一个小石洞，里面藏着一把小小的金钥匙。

"也许，"她一边弯腰去捡钥匙，一边兴奋地说，"也许这把钥匙能打开那扇铁门。"

"咱们试试吧！"小男孩大声喊道。

第二章　穿越地道

　　他们仔细研究了那扇门，最终在靠近中间的位置发现了一个小孔，闪闪把金钥匙插进去，刚刚好。但是门锁已经上锈了，胖胖费了九牛二虎之力才拧动钥匙。他们听到门闩被拉开的声响，于是握住门环，一起拼命地拉门，终于把铁门从铰链上拉了起来。

　　他们看到一个黑洞洞的地道，石台阶一直通到山里。

　　"没有宝藏。"小女孩说。

　　"可能还得再向里走走，"胖胖回答，"顺着地道继续走好不好？"

　　"不会有危险吧？"她问。

"不知道，"胖胖诚实地说，"你自己也能看到，这门已经很多年没开过了，那块石头肯定已经在那里压了很久了。"

"里面肯定有什么东西，否则不会有门，也不会有阶梯。"闪闪断言。

"是这样，"胖胖回答道，"我下去看看，你在这等着。"

"不，我也要去。在外面等着会和进去一样害怕，那我宁愿进去，而且我比你大哦，胖胖。"闪闪说。

"你比我高，但只比我大一个月，闪，所以别装腔作势啦，我可是最强壮的。"

"那我们俩一起去吧！"她决定道，"找到宝藏一起分。"

"好！走吧！"

他们完全忘记餐篮还在石头上，只顾着爬进小小的门道，走下台阶，台阶一共只有七阶，之后便是狭窄平缓的地道，直通山腰。从门口向前走几步就变得黑漆漆的，但孩子们还是决定继续前行，他们手拉着手，生怕走散了，一直沿着走道边摸索着前进，走了很远才进入地道的主体部分。

闪闪正准备打退堂鼓，建议原路折回去，走道突然出

他们进了地道

现了转弯，前方很远的地方闪着微弱的亮光。孩子们大受鼓舞，他们加快脚步，希望很快就能找到宝藏。

"坚持住！闪！现在想回家也没用了。"小男孩说。

"我们肯定快到糖果山的中间了。"她说。

"噢，不！这座山还真是大，不过咱们已经走了很远了，是吧？"他说。

"我想要是妈妈知道咱们来这儿了，肯定会开骂的。"

"不会告诉妈妈的，他们只会担心。其实只要我们安然无恙，就不算做坏事。"胖胖说。

"可我们不该淘气，胖。"

"所谓的淘气，就是做了不允许做的事，但没人不许我们进糖果山呀！"他回答道。

正在那时，他们又遇到了一个转弯处，看到了前方明亮的灯光，孩子们觉得这里的光亮简直就是白天，于是他们跑过去，穿过一道矮矮的拱门，出来，走进了——

啊！眼前的一幕太奇特，他们都快不能呼吸了，能做的就是一动不动地站在原地，瞪着圆圆的眼睛注视这一切。

眼前的一幕太奇特了！

第三章　糖果城

糖果山里面是空的，孩子们站在那里，抬起头，穹顶好高好高呀，都快赶上天空了；穹顶下面是漂亮的城市，要多可爱有多可爱。街道上坐落着圆顶房子和建筑，精美细长的塔尖直入云霄，塔楼上的雕刻精美绝伦。所有东西就像纯洁无瑕的白雪，在各处闪耀，就像几百万颗钻石——因为它们都是纯糖建造的哦！道路上也铺着糖果，树木、灌木和花朵同样是糖做的，但不全是白色的，因为不是所有的糖都是白色的呀，而是各种鲜亮的色彩，像红色的糖、蓝色的糖、黄色的糖、紫色的糖和绿色的糖，与白亮白亮的建筑和大穹顶形成了鲜明的对比。

这些足以让外面来的孩子瞠目结舌，但糖果城让闪闪和胖胖惊讶的不全是这些，城内住了很多人——男人、女人，还有小孩——他们和我们一样，在街道上自如地行走，唯一不同的是他们都是糖人。这些糖人也分好几种，有的是纯糖人，他们的模样最体面，自豪地昂首阔步。有些好像是用淡红糖做成的，举止谦逊很多，而且行色匆匆，好像有工作要做。其他的好像是用颜色很暗的糖制成的，闪闪猜测那是枫糖，他们地位好像最低，扮演着仆人、马车夫、乞丐和游手好闲路人的角色。

两轮马车和四轮马车沿着街道行驶，基本也都是红糖的，拉车的马不是压缩糖，就是枫糖的。实际上，这座奇妙城市的每一样东西都是某种糖制成的。

闪闪想象不出是什么让整座城市如此明亮美丽，这里既没有太阳，也看不到什么电灯，却如白昼般明亮，所有东西都看得清清楚楚。

孩子们站在入城的拱道里，观察着糖果城的奇观，一队糖人士兵突然一路小跑过来。

"立定！"士兵队长大声说。他穿了一件红色的糖果夹克，戴着一顶红色糖果帽子，士兵们的穿戴和队长一样，

"立定！"队长喊道。

只是少了黄色的糖果肩章。糖果士兵们闻令停下脚步，用糖果步枪指向闪闪和胖胖。

"快投降！"队长说，"快投降，否则我就——我就——"他陷入了犹豫。

"你就怎样？"闪闪问。

"我也不知道，反正是很可怕的结果，不过我知道你们肯定会投降的。"队长回答。

"我想也是。"小女孩回答。

"这就对了，我会带你们去见国王，让陛下决定如何处置你们。"他高兴地补充道。

士兵们扛着武器，押着两个孩子沿着街道走了。士兵们的个子都不高，最高的才到两个孩子的肩膀，所以闪闪和胖胖走得很慢，这样糖果士兵就不用跑着去追他们的脚步啦！

"这可是桩大事，"队长尽可能有模有样地在一旁边走边说，"已经好久没乐子了，你们能跑进来，又被我抓住，还真是件喜庆事。要知道，这里的糖人根本不会犯什么错。"

·MAGINEL·WRIGHT·ENRIGHT·

孩子们与队长交谈

第四章　前往国王的宫殿

"那个，请允许我问一句，你们是什么等级的糖果？"队长颇有礼貌地问，"看起来不像是最高级的，不过肯定是实心的。"

"实心的什么？"胖胖问。

"实心的糖果啊！"队长回答。

"我们才不是糖果呢，我们是肉的。"闪闪解释道。

"肉！肉是什么？"

"你们的城市难道连肉都没有？"

"没有。"他摇摇头回答道。

"哎，我没法解释肉是什么，但无论如何，不是糖。"

她说。

听到这里，队长的表情变得严肃了。

"终究是不关我什么事，"他对他们说，"国王会裁决的，这是他的事。不过既然你们不是糖果人，那就请原谅我不再屈尊跟你们说话了。"

"噢，好吧！"闪闪说。

"在我们来的那个地方，一磅肉可比一磅糖值钱多了，所以我认为咱们身价都很高。"胖胖说。

队长没有接话，很快，他们到了一座巨大的糖果建筑前，一群糖果人迅速聚集过来。

"往后站！"队长大声说。糖果士兵在孩子和糖果市民之间列起了队伍，阻止人群靠近。之后，队长带着闪闪和胖胖穿过高高的糖果通道，上了宽阔的糖果走道，来到建筑的入口。

"这一定就是国王的城堡了。"胖胖说。

"是国王的宫殿才对。"队长生硬地纠正道。

"有区别吗？"闪闪问。

糖果士兵根本没留心去回答。

红糖仆人站在宫殿入口，身着紫红色的糖外套，当看

国王的宫殿

到队长护送陌生人进殿时，他们的眼睛从糖果脸上瞪了出来，就像两颗菱形糖果似的。

每个人都深深地鞠躬，站在一旁把道路让出来，他们走过漂亮的大厅和会客厅，看到那里的糖果都被切成了平板状或轴状，还被雕刻成了各种水果和花朵。

"很甜吧！"闪闪说。

"当然。"胖胖回答。

他们被带进一个豪华的房间，一个矮胖的糖果人正坐在窗边拉小提琴，一群糖果男人和女人毕恭毕敬地站在他前面，欣赏音乐。

闪闪立刻认出拉小提琴的就是国王，因为他头上戴着一顶糖果皇冠。国王的身体是用非常白亮的糖果制成的，衣服也是同样纯度的材质，只有脸颊是粉色糖果，眼睛是红糖的。国王的小提琴是白色糖果做成的，棉花糖琴弦奏出的音符十分优美。

国王看到陌生的孩子进了房间，便跳起来大叫道："老天保佑！这都是些什么？"

"回禀最精良、最坚固的陛下，他们是凡人，是从古老地道来的。"队长回答，他把腰弯得很低，额头都要碰到地板了。

"啊！天哪！我以为地道已经停用了呢！"国王说。

"门上的石头滑开了，所以我们才下来看看的。"闪闪说。

"你们不能再这样做了，这里是我们的王国，和平的、与世隔绝的民族，国民素质很高，数量众多，我们不想跟凡人，或其他什么人混在一起。"国王严厉地说。

"我们马上就回去。"闪闪说。

"那真是太好了，"国王称，"对你们的善意，我很感激，亲爱的，你是精加工的吗？"

"我希望是的。"小女孩略有迟疑地说。

"那你对我们国民就是无公害的了。既然你承诺很快就会回去，那我倒不介意带你在镇子里转转，你会想见识见识我们的生活环境的，对不对？"

"非常乐意。"闪闪说。

"叫马车，布里特尔。"国王陛下吩咐。队长又深深鞠了个躬，神气活现地去执行命令了。

国王把胖胖和闪闪介绍给了在场的女士们和先生们，大家对两个孩子都十分客气。

国王陛下

第五章　萨卡琳公主

　　"我说，来一首曲子吧！"胖胖对国王说。国王陛下好像并不喜欢这种鲁莽的说话方式，但他太喜欢拉小提琴了，所以颇有风度地接受了请求，在棉花糖琴弦上演奏了一曲优美动听的民谣。之后，乐队开始准备，国王礼貌地离开了几分钟，去了另一个房间。

　　这为孩子们和糖果人的交流营造了机会，胖胖对一个外表看起来很光滑的人说："我猜你是这里的大人物，是不是？"

　　那个人一副受惊的模样，然后抓住小男孩的胳膊，把他带进了房间的一个角落里。

"你这个问题问得还真是尴尬，"他小声说道，同时四处瞟了瞟，确保其他人不会听到，"虽然我被尊为贵族，可事实上，我是一个——大骗子！"

"怎么会？"胖胖问。

"你没有注意到我很光滑吗？"糖果人问。

"注意到了，"小男孩回答，"那又怎么了？"

"哎！我是糖霜做的。没人怀疑过，大家都很尊重我，可事实上，我只裹了一层糖霜，里面根本就不是糖果。"

"那你里面是什么？"胖胖问。

"这个，"男士回答，"我也不知道，我自己也不敢看，如果我把糖霜打破去看，其他人也会看到的，那就太丢脸了，我的一生也毁了。"

"或许你是蛋糕呢！"小男孩说出想法。

"也许是吧！"男士悲伤地回答，"请替我保守秘密，你也看到了，我现在是上流社会的人，在这个国家，只有实心糖果人才会有地位。"

"嗯，我不会说出去的。"胖胖说。

这期间，闪闪一直在房间的另一处，跟一位糖果女士聊天。这位女士好像是那种纯度最高的糖果人，闪着漂亮

"我被尊为贵族"

的光泽，在闪闪眼里，她就是最美丽的人。

"你和国王是亲戚吗？"她问。

"不，不是，"糖果女士回答，"虽然我的品质是公认最高的，但亲爱的，我要告诉你一个秘密。"她拖着闪闪的手，带她到对面的沙发上坐了下来。

"没人，"糖果女士继续说，"质疑过真相，事实上，我是一个骗子，这件事也困扰我很久了。"

"我不明白你的意思，"闪闪说，"你身上的糖看起来很纯很闪呀，跟国王身上的一样。"

"眼见未必为实，"糖果女士叹了口气，"你看到的都是我的外表，没错，可实际上，我里面是空心的！"

"天哪！"闪闪惊诧地叫了出来，"你是怎么知道的？"

"我能感觉到，"女士感慨道，"如果给我称称体重，你就会发现我比其他实心的糖果人要轻，很久以前，我就已经发现这个残酷的事实了。我很不开心，也不敢把这个秘密告诉其他人，否则就要丢一辈子脸了。"

"我倒不担心，因为他们不会看出什么区别的。"孩子说。

"除非我碎了，"糖果女士回答，"要是真有那一天，整

"我是空心的！"

个世界都会知道我是空心的，我将不再受上流社会的欢迎，
还会被抛弃，成为流浪者。哪怕是红糖人都比空心的强，
你不这样想吗？"

"我只是个外来人，没法去评价。但假如我是你，我就
不会担心，除非真的碎了，而且你可能是在杞人忧天，也
许你比砖头还坚固呢！"闪闪说。

第六章　皇家乐队

正在这时，国王回到房间，说："马车就在门口，共有三个座位，我会带上科洛伊王和萨卡琳公主。"

孩子们跟着国王到了宫殿门前，门前停了一辆漂亮的黄白糖马车，车由六匹英俊的糖果马拉着，马儿长着棉花糖尾巴和鬃毛，一个穿蓝糖衣的红糖车夫驾着马车。

国王第一个坐进去，之后是科洛伊王和萨卡琳公主。孩子们发现科洛伊王就是那个糖霜人，而萨卡琳公主就是和闪闪聊天、说自己是空心人的那个糖果人。

门口聚集了一大群糖果人，来为皇家车队送行，几个士兵和警察在现场维持秩序。闪闪坐在国王身边，胖胖和

敞篷马车疾驰而去

萨卡琳公主合坐一个位子，科洛伊王只能和车夫坐到前面了。一切准备就绪，车夫啪的一声挥动糖果马鞭（但是没有断哦），马车疾速窜向铺着糖果的道路上。

在这个陌生的国度，空气清爽宜人，散发着特有的香甜气息。糖果鸟儿飞来飞去，唱着甜美的歌儿，几只糖果狗狗跑出门，冲着国王飞驰的马车汪汪直叫。

"你们国家没有什么机动车辆吗？"小女孩问。

"没有，"国王回答，"所有需要热能的东西都是禁止的，因为热气会融化我们，几分钟就能把我们毁掉，所以机动车辆在糖果山属于危险品。"

"危险还真是无处不在，"她说，"你们喂什么给马儿吃？"

"它们吃我们田里种的一种高品质的麦芽糖，"国王回答，"很快就能看到了，我们正往乡村别墅去呢，就在靠近大穹顶的边上，和咱们来时的方向相反。"

但他们先是乘着马车在城里转了一圈，国王指着城内的公共建筑、剧院、教堂，还有很多漂亮的小公园给他们看。城中心还有一座塔，好高呀，耸入穹顶的半空中。

"你们不担心有一天穹顶塌陷了，城市就遭殃了吗？"

糖果农场

闪闪问国王。

"不！不！"他回答道，"我们从未想过那种事，难道你们那里没穹顶？"

"没有，只有天空。"闪闪说。

"你担心过天空会塌陷吗？"国王问。

"不！当然不！"她笑着回答。

"嗯，我们也一样。穹顶是世界上最牢固的东西了。"国王陛下回应道。

第七章　闪闪口渴了

看完城里的景观后，马车驶入了宽广的乡间公路，很快路过了糖果玉米地、糖果甘蓝园、糖果菜园和糖果土豆园。还有糖果李子园、糖果苹果园和糖果葡萄园。所有的树木都是糖果的，甚至连草地也不例外，其间还有糖果蚱蜢蹦蹦跳跳。胖胖认定这座糖果山穹顶下全是糖果，除了糖还是糖——除非那个糖霜人身体里是其他什么材料。

没过多久，他们到了一所漂亮的别墅，大家走下马车，跟着糖果国王进了糖果房子。因为之前已经通过糖果电话预订了点心，所以餐桌已经布置好了，他们只需要坐在美丽的糖果座椅上，等着枫糖侍者来伺候就好了。

吃的东西装在糖果盘子里，有三明治、沙拉和水果，还有其他糖果食物，孩子们发现了一些冬青、覆盆子和柠檬味的点心，跟糖果一样美味。每张盘子里还有一只水晶糖果杯子，盛满了浓郁的糖浆——好像也是这里的唯一饮品。吃了那么多糖，孩子们显然开始口渴了，国王问闪闪是否还需要其他东西时，她赶紧答道："是的，我想要杯水。"

这话立刻在糖果人中引起了一阵惊恐的低语，国王向后推了推椅子，好像感到很不安。

"水！"他惊讶地大声说道。

"嗯！我也想来点水，我们都渴了。"胖胖回答。

国王感到不寒而栗。

"这个世界上，没有什么，"他严肃地说，"比水更危险的了，它会瞬间把糖溶解，喝水会让你瞬间毙命的。"

"我们不是糖果人，在我们国家，想喝什么水就喝什么水。"

"也许你说得没错，"国王回应道，"不过我很欣慰，因为在这个受到上帝垂青的国度找不到一滴水，但是我们有糖浆，它更利于身体健康，它会填充体内的缝隙，让我们

"水！"他大喊道。

变得更坚固。”

“糖浆让我口渴，从未这么渴过。假如真的没有水，那我们也只能挨到回家了。”小女孩说。

午宴结束后，他们回到马车里，朝城里驶去。路上，六匹马变得焦躁不安，后蹄着地腾跃起来，糖果车夫没能管住兴奋的马儿，结果快到宫殿时，马具断了一截，六匹马发疯似的跑开了，一点儿征兆也没有。马车撞上一堵糖果高墙，摔得稀巴烂，糖果人、闪闪和胖胖全被甩出车外，散落在四面八方。

闪闪和胖胖落到了墙顶上，毫发无伤，只是需要顺着墙面爬下来。国王皇冠上的一只尖角被折断了，他坐在地上，心情沉痛地望着遇难的马车。科洛伊王——就是那个糖霜人，断了一条腿，所有人都看到了糖霜里面好似棉花糖的东西——这足以令他在全是实心糖果人的上流社会名誉扫地。

最惨的要数萨卡琳公主了，她左腿膝盖以下摔断了。闪闪见状连忙跑了过去，发现公主捡起那截断腿，正开心地盯着它笑呢！

“闪闪，看这里，我是实心的，和国王一样坚固的实心，

公主的腿摔断了

不是空心的，以前只是我在胡思乱想而已。"她大声叫道。

"我也很开心哪！"闪闪回答，"可你要怎样处置这条断腿呢？"

"哈，这个修复很简单的。我只需要在断裂处涂上一点糖浆，粘起来，然后站到微风里风干，一个小时就搞定啦！"公主说。

闪闪很喜欢这位漂亮可爱的公主，她听了这话别提有多高兴了。

第八章　马车失控之后

这时，国王走上前去，说道："希望你们没受伤。"

"我们没事，不过陛下，如果您不反对的话，我想我们要回家了，因为实在渴得难受。"闪闪说。

"完全赞同！"国王回答。

胖胖淡定地把马车破碎的辐条和其他零部件装进口袋，因为和闪闪一样口渴，所以当他得知马上就能回家时，别提有多高兴了。

他们跟糖果朋友相互告别，并感谢糖果国王的盛情款待，之后在队长布里特尔和士兵的护送下回到拱道——就是当初进入糖果城的那个拱道。

尽管地道很多地方都黑洞洞的，需要摸索着前行，可他们也没费什么劲。终于，前方重现日光啦，过了几分钟，他们爬上石台阶，从小走道里挤了出去。

他们的篮子还原封不动地放在那里，下午的阳光温和地笼罩着熟悉的世间景物，两个孩子十分欢欣。

胖胖刚刚关上铁门，门闩就落了位，大门被牢牢地锁住了。

"钥匙呢？"闪闪问。

"原本放到口袋里了呀，肯定是从国王的马车上摔下来时掉出去了。"胖胖说。

"真差劲！再也没人能进糖果城了，门锁上了，钥匙又在门那边。"闪闪说。

"没关系啦，咱们已经去过一次糖果山了，会受用终生的。来吧，闪，咱们回家喝点东西吧！"

"钥匙呢？"闪闪问道

闪闪奇遇记二：

淡水龟王子

PRINCE MUD-TURTLE

淡水龟王子

第一章　闪闪捉到了一只乌龟

一个炎热的夏日，闪闪去了草原，草原上的小河或淌过石头，发出一阵阵叮叮咚咚声；或绕着曲折的岸堤奔流回旋；或是懒洋洋地漂过宽浅的河段。说实话，这算不上是什么小河，很多地方窄得可以让活泼的孩子轻松跃过。不过这是方圆几英里唯一的水流，在闪闪的眼中，它还是永不枯竭的快乐源泉。对一个小姑娘而言，踩着河底的鹅卵石蹚着水，让小小的浪花轻抚她细细的脚踝，真是没有比这更开心更有趣的事了。

草甸下方有一块更深的地方，鱼儿游来游去，有角鱼、白鲑和鲹鱼。偶尔还能在扁平的石头边下或河岸下方的凹

闪闪准备趟水过河

洞里捉到淡水龟呢。这个地方不算大，一个深凹的小水塘而已，可闪闪从未下去过，因为那里的河水会漫上腰，弄湿裙子，她会被妈妈结结实实骂一顿的。

今天，闪闪来到小巷，那里搭着摇摇晃晃的过河木桥，她翻过篱笆，一屁股坐到长满青草的岸边，脱掉鞋袜。之后，闪闪戴上太阳帽，这样就晒不到脸了，接着她又轻轻踏进小溪，站在水里看清凉的溪水冲刷小腿。

真是太美妙太舒服了！闪闪只站了一小会儿，又开始缓缓朝水中走去，她停在溪流中间，透过清澈的溪水可以看到所有适合落脚的好地方。

很快，她走到了分隔草原和草甸的篱笆前，只能低头从下面钻了过去——一切顺利。闪闪继续沿着溪流走，向那口深深的小水塘靠近。因为我之前说过的那个原因，她没法穿过水塘行走，于是她走上一块干燥的陆地，手脚并用，爬向水边，这样做还有一个好处，就是不会吓到水塘里游动的鱼儿。

闪闪今天运气不错，在水塘里发现了好几条鱼，因为她一直很安静，鱼儿好像都没察觉到自己成了别人眼中的风景。一条小家伙游过，滑溜溜的身体在阳光的照耀下闪着银光，很开心地在水里扭来扭去。水底躺着一条泥浆色的大鱼，除了鱼鳍和鱼尾梢，其他部位好长时间都不动弹。闪闪还发现了一群小鱼，不足一英寸长，它们经常集体活动，好像是一大家子似的。

小姑娘仔细观察这些小家伙，看了很久很久。对于这些傻乎乎的鱼儿来说，这个小水塘就是它们的整个世界，它们生在这儿，死在这儿，一直不曾离开，甚至不知道外面还有一个更大的世界。

过了一会儿，孩子注意到在她坐的岸边，水有一点儿混浊，慢慢又清晰开来，这时，她看见一只漂亮的乌龟正背靠着溪岸边，趴在下面。它比一元硬币大一圈，和闪闪见过的其他灰壳淡水龟都不一样，这只龟的背上带着鲜亮的黄色和红色纹理。

"我想要那只可爱的乌龟！"闪闪心里想。因为淡水龟趴伏的水域很浅，她猛地把手伸进水里，一把抓住了乌龟，把它从水里捞到了岸上。乌龟四脚朝天，拼命蹬着四条小胖腿，想要翻过身来。

闪闪捉到一只淡水龟

第二章　闪闪发现乌龟会说话

水中这阵突如其来的骚乱惊到了鱼群，鱼儿匆忙窜逃，瞬间就消失了。闪闪才不在乎那些呢，她的兴趣全都集中在这只挣扎的乌龟身上。

她跪在草地上，俯身观察乌龟，就在那时，她好像听到了一个细小的声音："没用的！我做不到！"接着乌龟就把脑袋和腿缩进龟壳，一动也不动了。

"天哪！"闪闪非常惊讶。之后，她问乌龟："刚刚是你在说话吗？"

对方没有回答，只是静静地躺着，好像死了一般。闪闪觉得肯定是自己听错了，于是她拾起乌龟，放在手掌上，

闪闪观察淡水龟

重新回到水里，慢慢蹚回了放鞋袜的地方。

　　闪闪回到家，把淡水龟放到盆里，那个盆还是爸爸把桶锯成两半得来的呢。她放了点水进去，用砖头垫在盆的一边，这样乌龟既可以待在水里，又可以爬上倾斜的盆底享受干燥，喜欢怎样就怎样。闪闪这么做是因为妈妈曾经说过，说乌龟有时喜欢水，有时喜欢陆地，现在她的乌龟可以自由选择啦！不过它爬不上陡峭的盆边，所以也逃不掉。小姑娘还体贴地放了一些面包屑和精肉丁，假如乌龟饿了，随时可以饱餐一顿。

　　从那以后，闪闪经常会去观察乌龟，一坐就是几个小时，乌龟会在盆底爬来爬去，也会在那一小摊水里游泳，还会吃摆在面前的食物，样子又心急又好笑。

　　她时不时地会把乌龟放在手上仔细端详，淡水龟探出小脑袋，眨着明亮的眼睛，好奇地望着她，和闪闪观察它的时候一样。

　　她把淡水龟带回家一个星期了，一天下午，当她到盆前把宠物龟放在手里，打算喂它一些碎肉时，乌龟探出头用细小独特的声音对她说："早上好，闪闪！"

　　这着实让闪闪吃了一惊，手里的碎肉都掉了，连乌龟也差点掉到了地上。还好她控制住了惊恐的情绪，声音略微发颤地问："你会说话？"

"会说，但仅限于第七天——也就是每个星期六，其他时候不能说。"

"抓你那天，我听到的那句话一定就是你说的咯，对不对？"

"我想是的。被抓时，我实在太害怕，没经大脑就把话给说出来了，这不是个好习惯。不过之后你再问我时，我就决定缄口不言了，因为那时还不了解你，我担心把秘密泄露给你是个错误决定，甚至到现在我也要叮嘱你——别告诉其他人你的乌龟会说话哦！"

"早上好，闪闪！"

第三章　乌龟说出了皱纹巨人

"嗨！太神奇了！"闪闪说，她听得很入神。

"假如我只是普通的乌龟，那还真是够神奇的。"对方回答。

"可你不就是一只乌龟吗？"

"当然，从我的外表来看，我可不就是一只普普通通的小淡水龟嘛！皱纹巨人把我变成这么个东西，还真是高明，你会赞同这个说法的。"它回答道。

"什么是关联巨人①？"闪闪怀着无限的好奇问。

---

① 英文发音与"皱纹巨人"的英文发音相近。

"皱纹巨人是个怪物,因为身体没有骨头支撑,所以皮肉堆出了满满深深的皱纹。我恨那个邪恶残忍的巨人,这一点我很肯定;他也同样憎恨我。所以有一天,当我想去剿灭他时,那个怪物就把我变成了你眼前这个手无寸铁的小东西。"

"变成乌龟之前,你是什么人?"小姑娘问。

"精灵王子麦格——精灵女王飞光的第七个儿子,飞光女王统治着这个国家北部所有的精灵。"

"你被变成乌龟多久了?"

"十四年了,"小东西深深叹了口气,回答道,"我觉得至少有十四年了,在溪水里游来游去,在淤泥里扒拉食物,很容易就没了时间概念。"

"我也这么想。不过这么说来,你的年龄比我大。"闪闪说。

"大很多,皱纹巨人把我变成乌龟前,我就已经活了快四百年了。"乌龟声称。

"你有白头发或白胡子吗?"她问。

"确实没有!无论活了多少岁,精灵的外表通常都是年轻漂亮的。不过他们不会死,所以终究是要变老的,这一点毋庸置疑。"乌龟说。

飞光女王

"当然！"闪闪表示同意，"妈妈跟我讲过精灵的故事。可你变不回来了吗？"

"那就要看你愿不愿意帮我了。"对方回答。

"哎呀！听起来就像书里的童话呀！"小姑娘叫了起来。

"对呀！自打有了精灵，这些事情就一直在发生，你或许可以期待自己的冒险经历也能被写进书里。但你愿意帮我吗？这是眼下最重要的事。"淡水龟说。

"只要'力所能及'！"闪闪说。

"那好，我可能会变回原形，但就一小会儿。你必须要勇敢，不要被吓得打退堂鼓。"淡水龟说。

闪闪的表情很凝重。

"我当然不想受伤，假如我出了事，爸爸妈妈会疯掉的。"她说。

"肯定会发生什么的，不过只要按照我的指示做，你就不会伤到一根汗毛。"淡水龟断言。

"我不用跟那个浸石碳酸巨人①打架，对吧？"闪闪不确定地问。

---

① 英文发音与"皱纹巨人"的英文发音相近。

　　"不是浸石碳酸，是皱纹。不，你完全不用跟他打，时机一到，我会亲自上阵的。不过你得带我去黑山，把我放了。"

　　"远吗？"她问。

　　"远，不过花不了多长时间。现在，我会告诉你做什么，只要听我的话，就没人会知道你遇到精灵和经历奇怪冒险的事。"淡水龟说。

　　"还有关联巨人①的事。"她又补充了一句。

　　"是皱纹才对，"他纠正道，"这个星期六已经来不及出发了，我们必须等下个星期，下个星期六，吃完早饭你能早点过来吗？到时我会告诉你怎么做。"

　　"没问题，我不会忘的。"闪闪说。

　　"别忘了时不时给我来点干净的水，我是淡水龟没错，可我也是精灵王子，不得不说我更喜欢干净的水。"

　　"我会打理好的。"小姑娘承诺。

　　"那就把我放下吧，你可以离开了。我得谋划谋划，可能要花一个星期的时间，谋划好再决定下一步该怎么做。"淡水龟继续说道。

---

　　① 英文发音与"皱纹巨人"的英文发音相近。

淡水龟向闪闪述说计划

第四章　淡水龟王子回想起魔法

与淡水龟王子的这番谈话后，闪闪整个星期都很不安，要多紧张有多紧张。每天一放学，她就会跑到盆边看乌龟是否安好——因为她担心乌龟会以什么奇怪的方式跑掉了或消失了。上课时，她很难集中注意力，已经被老师批评不止一次了。

因为到周六之前都不能开口说话，被禁锢在淡水龟体内的精灵没有再跟闪闪说过一句话。她能尽的最大心意就是为王子提供他最喜欢的食物和新鲜干净的淡水。

闪闪大冒险的那一天终于来到了，她一吃完早饭就立刻跑出去，来到淡水龟的盆边。她的精灵龟还在盆里，安然无恙，看到闪闪俯身趴过来，他伸出头，用尖细的声音说："早上好！"

"早上好！"她回答。

"你还愿意帮我吗？"淡水龟问。

"当然！"闪闪说。

"那就把我拿起来吧。"他说。

于是她把淡水龟从盆里拿出来，放在手上。淡水龟说："现在请打起十二分精神，严格按照我说的去做，一切都会很顺利的。首先，我们要去黑山，跟着我重复：'唔嘞；啊嘞；咦嘞；噢嘞！'"

"唔嘞；啊嘞；咦嘞；噢嘞！"闪闪重复道。

很快就像吹来了一阵大风，风力强劲，刮得她什么也看不见。她用一只胳膊盖住脸，另一只手紧紧握着淡水龟；裙子在风中狂飘乱舞，仿佛要从身上绽开似的；由于太阳帽戴得不够紧，瞬间就被吹得无影无踪了。

好在时间不长，过了一会儿，风停了下来，闪闪又能正常呼吸了。她环顾四周，深深地吸了一口气，发现自己不在家中的后院，而是站在一座美丽的大山旁，漂亮的绿谷跃然眼前，这是她以前从未见到过的。

瞬间转移

"好啦，我们到啦！"淡水龟好像很高兴，"我想我没把精灵智慧忘掉。"

"我们这是在哪儿？"孩子问。

"当然是黑山啦！"对方回答，"我们已经走了很远了，只是没花多长时间，对吧？"

"嗯，确实不长。"她一边说，一边低头看着山坡下繁花点点的绿色谷地。

"这里，"淡水龟迫不及待地从龟壳里探出小脑袋说，"就是精灵的地盘，也是我过去生活的地方。你看到的那边的美丽土地就是飞光女王和我国人民安居乐业的地方，你左边山坡上那座冰冷的城堡就是皱纹巨人的家。"

"我什么也看不见！只能看到山谷和花花草草。"闪闪大声说。

"对了，我忘记凡人的眼睛是看不见这些东西的了。不过只要你把我从这糟糕的龟形中解救出来，恢复原来的模样，你就能看得真真切切了。现在把我放到地上吧，我得去找一种有着魔力叶的植物。"

闪闪把他放到地上，小乌龟开始跑来跑去，仔细观察山坡草丛里各种各样的植物。可他的腿太短啦，龟壳又重，

"用这个擦擦眼皮"

根本跑不快，于是他让闪闪把他再拾起来，并让她在植物间走动时把他贴近地面。闪闪照做了，好像在一段很漫长的搜索后，淡水龟大声叫了起来：

"停下！这就是了！这就是我要找的植物。"

"哪个？——这个吗？"小姑娘摸着一片绿色的阔叶问。

"正是。从茎上摘一片叶子，然后在眼皮上摩擦摩擦。"

她照做了，拿着叶子在眼皮上认认真真地擦了一番，然后睁开眼睛——看到了真正的精灵世界。

第五章　闪闪答应会勇敢

山谷中央是一大排宫殿，由水晶、白银、珍珠母和金银丝工艺品建成。这些精灵居所既讲究又美观，闪闪立刻断定这就是仙境，毫无疑问地。她站在远山上，几乎可以看见空中轻快的、挥着薄纱羽翼的精灵，它们轻柔地飘浮在美丽的宫殿之间，优雅地沿着宝石道路前行。

她的注意力很快就被另一处景象吸引了——一座灰暗丑陋的大城堡，正皱着眉头看她呢，就坐落在她左边的山坡上，周围全是高高的铁钉篱笆。它就像蓝天边上一块浓黑的乌云，正在俯视可爱的精灵宫殿，小姑娘见状忍不住打了个冷战。

"那道篱笆被施了魔法"

"那个篱笆被施了魔法,"淡水龟说,它好像知道闪闪正在看那个地方,"精灵们过不去,因为巨人被赋予了某种力量,可以阻止精灵穿过篱笆。但篱笆对凡人没有限制,因为谁也没想到会有凡人来到这里,并看见真实的景象。这就是我为什么带你来,为什么只有你才能帮我。"

"天哪!"闪闪大喊起来,"我必须要面对那个碳酸巨人[①]吗?

"是皱纹巨人。"淡水龟说。

"我想他肯定很可怕,要不怎么连名字都这么难读。"她哭号起来。

"你避免不了跟他正面接触的,不过别怕,我会保护你。"

"哎,联系巨人[②]法力高深,淡水龟根本不是他的对手,我看我还是回家好了。"小姑娘迟疑地说。

"不可能了,离家那么远,没有我的帮助你根本回不去,所以还是乖乖地帮帮我吧。"乌龟说。

[①] 英文发音与"皱纹巨人"的英文发音相近。
[②] 英文发音与"皱纹巨人"的英文发音相近。

"我要做些什么？"她问。

"我们要等到正午时分，到时候巨人会生火做饭，可以根据他家烟囱冒烟的时间来判断。到时候你只要走进城堡，去巨人的厨房，迅速把我扔进煮锅里。需要你做的就是这些。"

"我不会那么做的！"闪闪断言道。

"为什么？"

"你会被烫死的，而我就成了凶手了！"

"胡说！"淡水龟焦躁地说，"我知道自己在做什么，只要你听我的，就那一眨眼的工夫，我是不会被烫死的，因为我会恢复原形。记住，我是精灵，精灵是不会像你想的那么容易就死的。"

"不会疼吗？"她问。

"只疼一小下，但是回报就很丰厚，所以我不会在乎那一小下疼痛的。你会帮我这个忙吗？"

"我会试试的。"闪闪勇敢地回答。

"我会非常感激的！我答应，事成之后就把你平平安安地送回家，和来时一样神速。"淡水龟王子说。

寻找魔法花

第六章　闪闪遭遇皱纹巨人

"现在，我们等待的这段时间，"精灵龟继续说，"我想去找一种花，它有神奇的力量，可以保护凡人不受伤害，当然，我这么做并不是因为没能力保护你，而是为了保险起见。"

"这样更好，"闪闪真诚地说，"花儿在哪里？"

"要去找。"淡水龟回答。

于是闪闪把淡水龟放在手上，以便他能更好地看到花儿，然后开始在山坡上漫步。周围的景色太美了，要不是前面的灰色城堡时时提醒她要与城堡内的可怕巨人相对峙，她还真的特别满足特别开心呢。

最终，他们找到了那种花儿——一种漂亮的粉色花朵，

闪闪从篱笆间挤了进去

样子很像双瓣雏菊，但肯定不是雏菊，因为我还没听说过雏菊有什么魔力呢。找到魔力花后，淡水龟让她把花摘下来，紧紧别在裙子前，闪闪一一照做了。

正在那时，巨人家的烟囱开始冒出滚滚浓烟，精灵龟说巨人肯定正在做饭，等他们到城堡时，锅里的水正好该煮沸了。

闪闪开始接近敌人的据点，不禁有点儿害怕，但她还是轻快灵敏地前行，一直到了铁钉篱笆前。

"你得从两根铁钉中间挤过去。"淡水龟说。

她开始觉得这根本不可能，结果却轻而易举地挤了过去，连裙子都没有被勾到扯到。闪闪沿着车道一直走到城堡的前门，大门半开着，她看到道路两旁全是巨人吃掉的白花花的羊头骨。

"进去！"乌龟说。闪闪大胆地走了进去，沿着高高的拱门大厅来到后面的房间。

"这里就是厨房了，快进去，直接去煮锅边，把我扔到沸水里。"乌龟说。

闪闪飞速跑进去，突然惊叫一声，停了下来，她看到丑陋的巨人正在用一对风箱生火呢。

第七章　淡水龟王子变成了麦格王子

巨人足足有十个人宽，两个人高，但却没有骨头。他像是被肉堆起来似的，皮肤上的皱纹就像手风琴的风箱，或照相机镜头的伸缩褶纹理。巨人的脸皱皱巴巴，鼻子从两个肌肉褶子中间突出来，眼睛周围的褶子就更多了。厨房的一头是大壁炉，上面吊着铁锅，锅里还放着一把大铁勺子。厨房的另一头摆着一张餐桌。

因为和煮锅之间还隔着巨人，闪闪没办法遵照指令把乌龟丢到锅里去，她陷入了犹豫，不知该如何是好。正在这时，巨人转过身，发现了她。

"我的祖宗啊——被巨人杀手杰克杀死的祖宗啊！你是

闪闪遭遇皱纹巨人

谁啊？"他嚷嚷道。巨人的块头很大，声音倒是很微弱。

"我叫闪闪。"小姑娘长吁一口气说。

"好吧，为了惩罚你擅闯城堡，我会让你做奴隶，哪天你表现不好了，我就拿你去喂我那只长了十七个头的狗，我可不吃小姑娘，相比之下，我更爱吃羊肉。"

听到这个噩耗，闪闪感觉自己的心跳都快要停止了，她只能直挺挺地站在原地，目光恳切地望着巨人。还好她把精灵淡水龟紧紧握在手里，没有被怪物发现。

"嗨！看什么呢你？"皱纹巨人生气地大喊，"快把火给我生起来，奴隶！"

他站到一边，让小姑娘走过去，闪闪立即冲到了壁炉旁，眼前就是煮锅，一伸手就碰到了，锅里正咕嘟咕嘟地冒着热气呢。

闪闪快速伸出手，把乌龟投进沸水，她被自己的举动吓到了，发出一声惊恐的尖叫，然后退到后面，看接下来会发生什么。

乌龟是个精灵，没错，他很清楚破解敌人魔法的最佳方法。闪闪把他扔进沸水锅，没多久就听到了响亮的咝咝声，紧接着一团蒸汽笼罩了壁炉。雾气散去，一位年轻英俊的王子走了出来，他全副武装，因为是精灵，他把锅变成了盾牌，夹在左臂；还把铁勺变成了长剑，一闪一闪地发着亮光。

王子的吻手礼

第八章　闪闪获得了奖章

巨人看到麦格王子站在面前，像小公牛似的发出一声怒吼。说时迟那时快，他抓住旁边的一根大棒，在头上方抡了起来，可大棒还没落下呢，王子就冲过去，把剑深深地刺进了皱纹巨人体内。大怪物咆哮着，试图迎战，可惜他伤得太重，王子一剑接着一剑地刺，直到巨人滚倒在地，一口气也不剩。

之后，精灵转向闪闪，跪在她面前，亲吻她的小手。

"十分感谢，感谢你让我重获自由，你是个非常勇敢的小姑娘！"他声音甜美地说。

"这个我还真不确定，因为我刚才吓得要死呢！"她回答。

王子拖着闪闪的手，把她领出城堡，这次不用再挤篱笆了，精灵念了句魔咒，门就自动开了。他们转过头，发现皱纹巨人的城堡和城堡里的一切都消失了，无论是凡人眼睛，还是精灵眼睛，都再也看不见它们了，这也正是巨人死后会发生的结果。

王子把闪闪带进了精灵官殿所在的山谷，并向夹道欢迎的子民讲述了小姑娘是如何善待他、如何给予他勇气打败巨人、变回原形的经过。所有的精灵对闪闪都是溢美之词，年轻的飞光女王——看起来根本不像王子的母亲，她授予小姑娘一块金牌，金牌的一面还刻着一只小小的淡水龟。

精灵国还举办了丰盛的宴会，小姑娘吃了好多好多精灵糖果，直到吃不下了才作罢，之后，她对麦格王子提出回家的请求。

"好的，闪闪，虽然我们可能再没机会重逢了，但千万别把我忘了。我会把你安全送回家，就像来的时候那样，但是你的眼睛已经擦过魔法叶，所以今后会看到很多凡人看不到的景象。"

"闪闪，千万别把我忘了！"

"没关系的。"闪闪说。

她向精灵们道别，然后王子说了个魔咒，紧接着又是一阵大风，风过后，闪闪发现自己回到了家里的后院。

她坐在草地上，揉着眼睛，琢磨着这场奇特冒险经历，这时，妈妈来到后院走廊，说："你的乌龟从盆里爬出来，跑掉了。"

"嗯，我知道，很高兴！"闪闪说。

但她守住了这个秘密，没有告诉任何人。

闪闪奇遇记三：

恶棍乌鸦吉姆

BANDIT JIM CROW

恶棍乌鸦吉姆

第一章　乌鸦吉姆成了宠物

一天，在玉米田里，闪闪的爸爸开枪射击了一群正在捣乱的乌鸦，那些家伙用又长又尖的嘴巴偷吃爸爸种的玉米。可惜他的枪法不够准，打偏了，随着"砰"的一声枪响，乌鸦纷纷尖叫着飞逃而去——除了一只年幼的，他太小了，扑棱着翅膀怎么也飞不上天，于是在地上跑起来，试图逃离玉米地。

闪闪爸爸开始追赶小乌鸦，并成功逮住了他。这时，他发现鸟儿的右翅中了铅弹，不过其他地方没有受伤。

小乌鸦拼命挣扎，想去啄抓着他的那双手，可惜他太小啦，怎么也啄不到。最后，爸爸决定把他带回家给闪闪。

"闪闪，瞧我给你带来一只宠物。"他进屋时说道，"他的翅膀受了伤，飞不起来了，但是别让他靠近你的眼睛，防止被啄伤，你要知道，这个小家伙野性十足。"

有了小宠物，闪闪非常开心，她立刻让妈妈为小乌鸦包扎，希望伤口能快点愈合。

小乌鸦的羽毛乌黑发亮，后背和两翼缀着漂亮的紫蓝色，又像是闪着光泽。淡褐色的眼睛很明亮，透着一股狡黠，他注视闪闪的方式很奇怪，先是把头转向一边，用右眼盯着她，然后再扭到另一边，用左眼看。闪闪经常会很好奇，她想知道自己在小乌鸦的两只眼睛里是一样的，还是有什么不同。

她给宠物起了个名字，叫"乌鸦吉姆"，因为爸爸说过，所有的乌鸦都叫吉姆，虽然他自己也不知道为什么。不过这个名字很适合他，所以闪闪也不去管为什么了。

因为没有笼子，又害怕乌鸦逃跑，小姑娘在乌鸦吉姆的腿上拴了一根结实的绳索，另一端绑在椅子上——或桌腿上——在屋子里的时候，乌鸦可以在绳索牵引的范围内四处跑动，但是逃不掉。出门时，闪闪会牵着绳子，就像牵小狗那样，乌鸦吉姆在前面跑呀跑，时不时停下来等待

闪闪和乌鸦吉姆

主人，待闪闪走近了，他又会继续向前跑，尖着嗓子尽力叫着："呀！呀！"

他很快意识到闪闪是自己的主人，所以经常会躺在她的膝盖上，或停落在她的肩膀上。只要闪闪一进屋子，他就会用恳求的语气大喊："呀！呀！"直到被捧到手上，或者被注意到。

一只狂野自由惯了的鸟儿这么快就变得温和顺从，这的确是桩奇妙的事。闪闪的爸爸说这是因为乌鸦太小，还因为受伤的羽翼断了他的后路，没法儿飞上天，重新加入伙伴的队伍。可事实上，乌鸦吉姆并没有看起来那么温驯，他本性邪恶而且忘恩负义，你很快就会看到了。

几个星期后，他已经成了名副其实的宠物，深得小姑娘的喜爱。他也会偶尔制造些恶作剧，惹得妈妈发飙，就像踩进牛奶锅呀，在闪闪还没来得及阻止时就跳上餐桌、吃掉爸爸的南瓜派呀。不过哪个宠物不惹麻烦呀，所以乌鸦吉姆也只是受到妈妈几顿严厉的批评而已，这可一点儿也没影响他的心情，也没让他有丝毫的不开心。

·MAGINEL·WRIGHT·ENRIGHT·

吉姆开始恶作剧

第二章　乌鸦吉姆逃跑了

终于，吉姆的温顺让闪闪主动拿掉了他腿上的枷锁，只要他乐意，随时随地都能自由行动。他满屋子满院子地溜达晃悠，追赶鸭子，骚扰小猪，成功地把自己塑造成了万人嫌。他还有一种本事，就是骑在老汤姆——爸爸最钟爱的马儿的背上，然后在他耳边喋喋不休，直到把马儿逼得在棚里直跳脚，拼命想要甩掉身上那个讨厌鬼。

因为不确定吉姆的翅膀是否痊愈，闪闪一直没有取掉绷带，她认为这样更保险。可事实上，乌鸦吉姆的伤早好了，翅膀和从前一样有力，而且随着时间的流逝，他变得又大又肥，想要重新飞翔的野心也越来越膨胀——飞得远远的、高高的，直入云霄，飞去远方荟郁的森林和潺潺的小溪。

他从未想过回归家庭，此时家人已经离他很远很远了；他也不在意能否跟其他乌鸦打成一片；他所憧憬的就是自由，想做啥就做啥，不受约束，不用每天因为做错事而被揍个十顿八顿的。

所以，一天早上，闪闪还没起床呢，甚至还没醒呢，乌鸦吉姆就用嘴巴衔着翅膀上的绷带，扯开一端，没用多久，整条绷带都散开了，滑落到地上。

吉姆抖了抖羽毛，用长长的鸟喙理了理被压撮在一起的羽毛，他很清楚那只受伤的翅膀已经恢复了强健——跟另外一只一样强健，所以随时都可以飞走，全凭他乐意。

在闪闪和妈妈的照顾下，乌鸦吃得很好，身体非常棒，可他丝毫没有感激之情。得知重获自由了，一种残暴邪恶的快感袭上心头，他重新拾获了乌鸦与生俱来、且伴随终生的野性。

他瞬间就把自己曾经的温顺抛到了脑后，也忘记自己曾是一个温柔小姑娘的宠物，所以压根没想过去道别，却决定去做些能让愚蠢的人类好好记住他的事。他扑进一窝

MACINEL
WRIGHT
ENRIGHT

吉姆拆掉绷带

刚孵出一两天的鸡群中，用弯利的爪子和恶毒的黑喙杀死
了几只小鸡崽儿。鸡妈妈为了保护孩子，冲向恶棍乌鸦，
却被他啄瞎了眼睛。恶事做完后，他带着对全世界的轻蔑，
尖叫着飞入高空，去世界的另一个角落寻找全新的生活。

第三章　乌鸦吉姆找到了新家

接下来的几天，在南飞的漫长旅途中，吉姆做了一箩筐的坏事，我就不赘述了。

闪闪发现宠物不见了，差点哭了出来，当她看到可怜的小鸡被谋杀时，真的就哭出来了。妈妈说她很高兴乌鸦吉姆飞走了，爸爸的脸阴沉沉的，他愤怒地悔恨当初没在玉米田里弄死这只生性残暴的坏鸟。

与此同时，落跑的乌鸦已经飞过了村庄，肚子饿了，他就会停在农舍，洗劫鸡窝，抢鸡蛋吃。因为他对农舍比较熟悉，所以胆大包天，不过有一两次，农夫开枪射击这只贼鸟，把他吓得够呛，于是决定远离农场，去一个没那

闪闪为死去的小鸡们哀悼

么危险的地方过日子。

有一天，他来到一片秀美的森林，树木高高低低，种类繁多，还有几条溪流潺潺穿过树林。

"这里，我要在这里安家，这里显然就是我梦寐以求的地方。"乌鸦吉姆说。

林子里有不少鸟儿，吉姆能够听到他们婉转鸣唱的声音，树丛中到处都有。他们从树枝上悬吊鸟窝，或在枝杈间筑巢，吉姆所能看到的地方，几乎都有巢穴。这里的鸟也是多种多样：知更鸟、画眉、红腹灰雀、嘲鸫①、鹪鹩②、黄嘴鹃和云雀。叽叽喳喳的小鸟儿在林中的野花丛中飞旋，长腿苍鹭③在溪中跋涉，翠鸟蹲守在挂枝上，耐心地"守株待鱼"，希望那些粗心大意的鱼儿游近。由于远离人类的居所，乌鸦吉姆认定这里就是鸟类的天堂，他决定尽快与林中的鸟类居民混熟，让他们知道自己是谁，也让他们知道应该以礼相待。

吉姆看到一棵高大的冷杉，树枝都快垂到地面上了，

---

① 嘲鸫（cháo dōng）：北美反舌鸟、模仿鸟。

② 鹪鹩（jiāo liáo）：鹪鹩是一类小型、短胖、十分活跃的鸟。

③ 苍鹭（cāng lù）：苍鹭是大型水边鸟类，头、颈、脚和嘴均甚长，因而身体显得细瘦。

一大群鸟儿蹲坐在树上，聊啊，唱啊，非常欢快，他飞下来加入他们。

"伙计们，早上好！"他说。在其他鸟儿听来，他的声音就像沙哑的嘎嘎声，随着年龄和个子的增长，他的声音也变得更加低沉。

鸟儿们好奇地望着他，有一两只还羞涩紧张地扑腾扑腾翅膀，但无论是大鸟还是小鸟，没有一只搭理吉姆。

"我说，"乌鸦吉姆粗鲁地说，"你们这些家伙是怎么了？不会说话吗？一分钟前你们不是还说得很起劲吗。"

"不好意思，陌生人，我们还不认识你呢。"一只红腹灰雀庄重地说。

"我是乌鸦吉姆，很快就不是陌生人了，因为我打算住在这儿。"他回答。

大家神情凝重地听着这番话，一只小画眉从一根树枝蹦到另一根树枝上，说："我们这里没有乌鸦，如果你想找同伴，必须去其他地方才行。"

"同伴有什么可在乎的？"吉姆问，他还大笑了一声，瘆得小画眉鸟打了个冷战，"我喜欢独居。"

"你没有爱人吗？"知更鸟很有礼貌地问。

"伙计们，早上好！"

"没有，也不想有，我想自己过，我看森林里还有不少空位啊。"乌鸦吉姆说。

"当然，空位很多，只要你遵纪守法，好好表现。"红腹灰雀回答。

"谁管我？"他生气地问。

"任何一个好人，哪怕是一只乌鸦，都应该遵守法律。"红腹灰雀淡定地回答。

乌鸦吉姆有点不好意思，因为他不想承认自己不是好人。所以他问："都是哪些法律？"

"和其他森林一样，必须尊重其他鸟儿的居住权和财产权，在他们出去觅食时，不去干扰他们的生活。出现危险时，必须提醒其他同伴，帮助他们保护幼崽不受野兽的侵害。如果你能遵守这些，并且不偷盗不惹事，那就有权住在我们的森林里。"

"不过说实话，我们还是不想你留下来。"知更鸟说。

"我打算留下来，我想我不比你们差，你们这些家伙管好自己的事就行了，咱们井水不犯河水。"乌鸦说。

听到这些话，鸟儿们纷纷离开了。乌鸦飞攀到树木上，看到一棵顶高的松树，比其他树木都高，在最顶端还有一只弃用的大鸟巢。

吉姆找到了新家

第四章　乌鸦吉姆成了强盗

吉姆觉得那就是个乌鸦窝，所以他飞过去，在一根松枝旁停了下来，向窝里瞥了一眼，立刻认定那里曾有同类居住，只是后来因为某种原因弃用了。鸟窝又大又笨重，外表粗糙，内在光滑，由上好的植物根和草叶搭织在坚韧的树枝上，乌鸦吉姆把落在里面的枯叶枯枝踢了出去，觉得这俨然就是一个新房，对他这种独居乌鸦来说绰绰有余。他用嘴巴在巢上做了个记号，让别的鸟儿知道这是他的地盘，终于，吉姆有了家的感觉。

接下来的几天，他几次试图和其他鸟儿套近乎，它们虽然表现得很有礼貌，但却非常冷漠，始终与吉姆保持着

鹪鹩太太伤心欲绝

距离，对他的世界也毫不关心。

　　没有谁会靠近他的窝，但他自己却经常飞下去，停落在矮一点的树上，渐渐地，林中的鸟儿对他的出现习以为常了，很少关注他的举动。

　　一天，鹟鹩太太的窝里丢了两颗棕色的鸟蛋，她的心都要痛碎了，嘲鸫和红腹灰雀花了整整一个下午安慰她。鹟鹩先生和妻子一样痛苦，一直踱来踱去。森林里的动物都没看见什么可疑人物，所以谁也想不出小偷会是谁。

　　森林里从未发生过这等惨绝人寰的事件，一时间，紧张和恐惧的气氛笼罩了所有鸟儿。过了几天，一件更可怕的事发生了，红腹灰雀夫妇外出觅食时，他们无辜的孩子被抓走了。据红腹灰雀先生说，他在回巢的路上看到一个大黑怪正离开，可惜他受了惊吓，没看清怪物的模样。但那天起得特别早的云雀说，他看到吉姆敏捷地飞上高高的松树，除此之外，没看到其他人靠近那片区域。

　　这足以引起所有鸟儿对乌鸦吉姆的重大怀疑，红胸知更鸟召集了一场秘密会议，讨论该如何阻止鸟巢被盗。因为乌鸦吉姆比他们高大凶猛，所以没人敢公然指责他，或冒险跟他吵架。不过他们有一个天不怕地不怕的好朋友，住得不远，大家最终决定把他请来帮忙。

燕八哥接受任务，成了信使，会议一结束，他就飞去执行任务了。

"你们这些家伙刚刚讨论什么呢？"乌鸦问，他飞了下来，站在一根枝干上，靠近那些散会后还没有离开的鸟儿。

"谈论你呢，不过你应该也不在乎我们说了你什么吧，乌鸦吉姆先生。"画眉大胆地说。

听到这些，吉姆显得有点羞愧和内疚，但是一想到他们都怕自己，又忍不住嚣张地大笑起来。

"呀！呀！呀！"他粗哑地笑了起来，"我才不在乎你们说我什么呢，但你不觉得自己太鲁莽了吗，漂亮的画眉鸟，等到哪天你从朋友们面前消失了，他们会想念你的。"

可怕的威胁让所有鸟儿都闭上了嘴，因为他们想起了红腹灰雀太太那可怜的孩子，几乎所有人都断定乌鸦吉姆对那些手无寸铁的小家伙的死知道很多，只是他不屑于说而已。

发现没人理自己了，乌鸦飞回自己的那棵树，满脸不高兴地停落在窝边的枝干上，看到吉姆走开，其他鸟儿才高兴起来。

"呀！呀！呀！我才不在乎呢！"

第五章　乌鸦吉姆遭遇警察蓝松鸦

第二天早晨，乌鸦吉姆一起床，肚子就饿得咕咕直叫，他懒懒地坐在大大的鸟窝里，想起森林边上金莺巢中那四个漂亮的棕色鸟蛋，壳上还缀着白点。

"那些蛋当早餐还真不错，我要赶紧去把蛋抢来，假如黄脸婆金莺妈妈敢生事，我就把她也吃了。"他想。

他从窝里蹦出来，跳到一根枝条上，眼神犀利的他看到一只大个子陌生鸟正坐在对面的树上，定定地看着自己这边。

因为至今都没有和其他鸟儿一起住过，乌鸦认不出那是什么鸟。看到这个新来客，他的心底不由颤了一下，提醒自己要提防这个敌人。其实，这个突然出现的鸟儿不是别人，正是蓝松鸦①，他是森林里出了名的警察，是所有恶棍的噩梦，因为听了燕八哥汇报的盗窃事件，今早才赶来的。

论个头，蓝松鸦警察足足有两个乌鸦吉姆大，他的头上顶了一朵大大的羽冠，看起来更是彪悍——尤其当羽毛竖起来时。他的背部呈淡淡的紫蓝色，肚皮呈紫灰色，脖子上还长了一圈乌黑的羽毛，不过他的翅膀和尾巴是亮蓝色的，和五月的晴空一样明朗，所以从外表来看，蓝松鸦警察比乌鸦吉姆帅多了。不过，真正让乌鸦提起警惕的，还是那张坚硬的鸟喙，如果吉姆聪明一点，他就会认出眼前这位正是他们族类的死敌，要知道，在蓝松鸦的世界里，揍乌鸦、惩治乌鸦才是最大的快乐。

可惜吉姆不够聪明，初见的恐惧消失后，他便想象着能够欺负这只鸟，就像欺负其他鸟儿一样，然后树立威信。

"嗨！你杵在这儿干什么？"因为急着去打劫金莺巢，

---

①　蓝松鸦又称冠蓝鸦，北美洲松鸦的一种。顶冠的羽色为薰衣草蓝或淡蓝色；颈后、翅膀内侧、尾羽内侧和面部为白色；腹部为米白色；颈部有黑色领环。

蓝松鸦警察

他用最乖戾的声音冲蓝松鸦喊道。

对方回答时轻蔑地笑了一声：

"不关你的事，乌鸦吉姆。"

"小心点！再敢对我不客气，我会让你后悔的。"

蓝松鸦严肃地眨了眨眼睛，谁看了都会觉得滑稽搞笑的，当然，除了眼前这只愤怒的乌鸦。

"别打我——请别打我！我要是出了事，妈妈会伤心透的。"他一边说，一边在树枝上扑扇着翅膀，好像受到了很大的惊吓。

"那就老实点。"乌鸦一边说，一边在树枝上昂首阔步起来，还骄傲地拍着宽大的翅膀，愚蠢地以为对方被自己震慑住了。

还没等他飞起来呢，蓝松鸦就像离弦之箭一样扎了过去，他还没来得及转身自卫，就被敌人的尖喙满满地刺进了胸膛。警察发出一声尖厉刺耳的大笑，扬长而去，消失在森林中，留下战败的乌鸦在空中打着圈，然后缓缓落下，周围飘着被撕扯掉的羽毛，见证着他的落魄。

这场攻击给吉姆带来的茫然和惊诧是不可估量的，但他终究是没受什么伤，乌鸦比绝大多数的鸟都要皮实。他

蓝松鸦警察惩治吉姆

找到一条小溪，在清凉的溪水中洗了洗胸口，顿时感觉舒爽了很多，又找回了以前的那个自己。

他决定放弃早上去金莺巢的计划，改去橡树下的苔藓丛中找一些甲虫和其他吃的。

第六章　乌鸦吉姆戏弄警察

从那以后，蓝松鸦警察就在这片森林安家了，时刻监视着乌鸦吉姆的举动。有一天，他去南方把蓝松鸦太太也接来了，太太比先生还要漂亮呢。夫妻俩在乌鸦住的高松树旁找了棵树，并在上面安了个窝，开始了森林管家的生活，不久，蓝松鸦太太开始下蛋了，漂亮的灰色鸟蛋，带着深褐色的斑点。

假如乌鸦吉姆能识时务，他就会离开这里，给自己找个新家，附近不远就有很多小树林，足够乌鸦安居乐业的了，还不用担心蓝松鸦。可惜吉姆又顽固又愚蠢，他固执地认为不报此仇就永世不得开心。

他不敢再像从前那样大胆地去洗劫鸟窝，而是变得狡猾奸诈。他很快就发现蓝松鸦不如自己飞得高，也不如自己飞得快，所以只要保持戒备，不让敌人靠近，就不用担心逃不掉。但是，小鸟的巢穴有蓝色警察守卫，只要一靠近，随时都会引发一场血战，真是不给强盗活路呀，除非强盗够聪明。

　　一天，乌鸦吉姆在森林北部的石头间、树林边缘以外的地方发现了一个白垩①矿场，白垩很软，在一些地方已经碎成了细细的粉末，他在粉尘里滚了几分钟，浑身的羽毛变成了雪白。乌鸦吉姆灵机一动，顿生一个好主意。因为不再是黑乌鸦，而成了白鸽子，他从蓝松鸦警察面前飞进森林时，对方只看到一只白鸟在林间穿梭，压根没想到这是强盗乌鸦的聪明把戏。

　　吉姆发现了一个知更鸟的巢穴，知更鸟夫妇外出觅食，鸟巢没人看守，于是他吃掉了鸟蛋，还把窝踢了个稀巴烂，然后飞走了——第二次从蓝松鸦眼皮子底下溜走了。

　　他来到小溪前，洗干净身上的白垩，又变回了黑乌鸦，飞回巢穴。

　　知更鸟家的惨剧传开后，鸟儿们既愤慨又惊慌，可谁

---

　　①　白垩（bái è），石灰岩的一种，主要成分是碳酸钙。

吉姆伪装自己

也想不出那个暴徒是谁，知更鸟太太很坚强，她又筑了一个窝，在里面下了更多的蛋。可到了第二天，森林里又有一个鸟巢被洗劫了，一个接着一个，直到鸟儿们开始抱怨蓝松鸦警察没有恪尽职守。

"我真的一点儿也弄不明白了，我看守得很仔细，乌鸦吉姆根本不敢靠近你们家。"警察说。

"暴徒肯定另有其人。"画眉大惊小怪地称。

"我只注意到这附近有一个陌生鸟，是只大白鸟，可你们也很清楚，白鸟是不会去洗劫鸟窝，也不会去偷吃鸟蛋的。"蓝松鸦回答。

他们没有更接近事实的真相，盗窃事件还在继续，乌鸦吉姆每天都会在白垩矿场滚个一身白，然后飞到森林里去破坏无辜鸟儿的鸟蛋，之后再去远处的小溪洗干净，返回巢穴，同时还讥笑蓝松鸦被耍得团团转。

尽管开始时蓝松鸦有些愚蠢，丝毫没有起疑心，可现在他开始变聪明了。虽然白鸟不吃蛋，而且有着诚实的信誉，可他回想起所有的悲剧都是在陌生白鸟出现之后才发生的，于是决定观察观察那只陌生鸟，确保他与这场把森林闹得鸡飞狗跳的凶案无关。

蓝松鸦警察发现了肇事者

第七章　乌鸦吉姆受到了惩罚

　　一天，蓝松鸦警察藏在浓密的灌木丛里，等待白鸟飞过，然后他悄悄地在后面跟踪，从这棵树掠过，飞到那棵树，尽量不让对方发现。最后，他看见白鸟在红腹灰雀的窝边停了下来，吃光了里面的鸟蛋。

　　蓝松鸦警察"怒发冲冠"，向大白鸟强盗飞冲过去，却惊讶地发现根本抓不到他，他飞得更高更快，瞬间就逃脱了，消失得无影无踪。

　　"一定是白乌鸦，因为只有乌鸦才能在飞行上战胜我，据说有些乌鸦是白色的，不过我以前没见过。"蓝松鸦想。

　　于是他召集了所有的鸟儿，告诉了他们事情的经过，

森林里的鸟儿

报复吉姆

大家一致同意第二天做好埋伏，"恭候"强盗。

　　这时的乌鸦吉姆觉得自己百分百安全，而且胜利已经让他胆大到肆无忌惮、邪恶猖狂。第二天，他没有起任何疑心，在白垩中滚白以后，飞去森林里享受鸟蛋盛宴了。没多久，他就到了一个漂亮的鸟巢前，正准备把里面洗劫一空时，从四面八方传来了几百只鸟儿的齐声尖叫——太多了，天空中满满的都是——他们直直地冲向白鸟，用嘴啄他、用翅膀扇他，愤怒甚至激发了最胆怯鸟儿的斗志，再说了，人多力量大，彼此也可以壮壮胆。

　　乌鸦吉姆试图逃跑，可他已经被包围，无论朝哪个方向飞，都会被堵住，没法自如地伸展翅膀，而且他们一直在努力地啄他，打他。白垩一点点掉落下来，吉姆露出了本来面目，鸟儿们认出了他，一个个比之前更愤怒了。

　　蓝松鸦警察发现自己被愚弄了之后，尤为恼火，要是乌鸦落在他手里，肯定会瞬间毙命，但是鸟儿们挡在中间，他不得不在鸟群外围游离。

　　乌鸦内心充满了恐惧，他忍着疼痛，只有一个想法：回到松树上的避难港湾去。他终于如愿了，精疲力尽地栽进空巢。但是敌人们穷追不舍，虽然有背部和两翼厚厚的羽

鸟儿给吉姆衔水喝

毛保护，吉姆的头部和眼睛还是未能幸免，遭到了复仇鸟儿利嘴的攻击。

最后，吉姆得到足够的惩罚，大家离开了，乌鸦吉姆几乎要没命了。不过乌鸦是彪悍的生物，这只乌鸦活了下来，伤口愈合后，他完全瞎了，日复一日，他只能孤独无助地坐在鸟窝里，一刻也不敢离开。

第八章　乌鸦吉姆的救赎

"亲爱的，你去哪儿？"蓝松鸦问老婆。

"我去给乌鸦吉姆送点吃的，很快就回来。"她回答。

"吉姆可是个强盗，还是个凶犯。"警察厉声说。

"我知道，可他已经瞎了。"她亲切地回答。

"好吧，那就去吧，不过早点回来。"她的老公说。

红胸知更鸟夫妇衔着一朵杯状的花儿，在小溪边盛了水，运到松树边，一滴都没有洒。

"你们去哪儿？"他们路过时，金莺问。

"去给乌鸦吉姆送点水。"知更鸟太太回答。

"他可是个贼，是个十足的恶棍！"金莺愤懑地说。

"没错，可他现在已经瞎了。"知更鸟太太的声音充满了柔情和怜悯。

"我来帮你们吧，我衔着这边，这样就不会斜了。"金莺声称。

又瞎又无助的乌鸦吉姆，就这样日复一日地坐在窝里，那些曾经被他残忍对待的鸟儿过来给他送吃的、送喝的，要多慷慨有多慷慨。

我很想知道他如今做何感想——你们呢？

闪闪奇遇记四：

土拨鼠先生

MR·WOODCHUCK

土拔鼠先生

第一章　陷　阱

　　"山坡上有只土拨鼠①在偷吃我种的苜蓿②。"闪闪的农夫爸爸说。"干吗不下个捕鼠夹子？"妈妈问。"我想我会下一个的。"爸爸回答。

　　午饭后，爸爸去谷仓拿了一只钢制的捕鼠夹子，来到山坡上的苜蓿地。

　　闪闪非常想跟爸爸一起去，但她得帮妈妈刷洗和收拾餐具，然后还要打扫和整理餐厅。不过完成这些工作后，

---

　　①　土拨鼠：属啮齿目松鼠科，多以蔬菜、苜蓿、苹果、玉米等为生。

　　②　苜蓿：又名四叶草，一般只有三片叶子，是一种多年生草本植物，可做饲料。

她整个下午都可以自由活动啦，闪闪决定去土拨鼠洞走一遭，看看爸爸设的捕鼠夹子，同时也看看有没有落网的土拨鼠。

小姑娘戴上蓝白色的太阳帽，翻过花园的栅栏，穿过玉米地，再穿过黑麦田，最终到了山上的红苜蓿地。

她非常熟悉土拨鼠洞的位置，因为已经好奇地观察过很多次了；她小心翼翼地靠近洞口，看到捕鼠夹子正下在洞口前方。如果土拨鼠踩上去，肯定会被牢牢夹住腿的；捕鼠夹子上有一条锁链，另一端拴在结实的木桩上，所以土拨鼠一旦落网，就别指望能逃出去了。

天气晴朗，阳光明媚，正是土拨鼠喜欢的日子，但这个偷吃苜蓿的家伙迟迟没有露面，所以到现在也没有落入陷阱。

闪闪躺在苜蓿地上，半掩在土拨鼠洞口前的小田埂后面，开始侦察小家伙何时出洞。因为目光正好可以看到洞内，她发现洞穴好像不是通向地下，而是通往斜上方的山坡里；不过她看不了太远，因为洞穴曲曲折折，看不了多远就变得黑漆漆的。

等了这么久，看了这么久，难免有些疲劳乏味。阳光

闪闪等待土拔鼠的出现

暖洋洋地照着，草丛里蹦来跳去的蟋蟀低声地叫着，这些催起了闪闪的睡意。因为不想错过土拨鼠，她原本没打算睡觉的；不过眼睛闭上一小会儿，应该没什么关系吧；于是她垂下眼帘，长长的睫毛搭在了漂亮的粉脸蛋上——眼皮太沉啦，根本睁不开了嘛。

之后，她忽然惊醒了，睁开眼睛看到鼠夹子和土拨鼠洞，还和之前一样。她上前瞧了瞧，看得还算仔细。洞口好像变大了；没错，看起来很神奇，洞口一点点在变大！她惊诧地望着眼前发生的一切，又看看捕鼠夹子，夹子一丁点儿变化都没有哦。当她再次将目光投向土拨鼠洞时，发现洞穴不仅变得又大又高，还出现了一道石拱门，精美光洁的石拱门隔绝了洞内与洞外的世界。她甚至还看到了银质门牌上写的名字：

土拨鼠先生

土拨鼠先生收到一封电报

第二章　土拨鼠逮捕了小姑娘

"啊！天哪！"闪闪低声自语道，"怎么会这样？"

门的两边各有一条绿色的小长凳，可以坐两个人，两条长凳中间是白色的大理石门阶，上面铺着一张脚垫。闪闪还看到门的一边装有电门铃。

当她被这一幕惊得目瞪口呆时，一阵急促的脚步声传来，原来是一只体型高大的公兔，和闪闪差不多高，他穿着信差的工作服，跑到土拨鼠的前门，按了按门铃。

几乎同时，大门就向里打开了，一个奇怪的人物走了出来。

闪闪一眼认出那是土拨鼠，但这只土拨鼠也太魁梧太怪异了吧!

他身着燕尾服、白色丝缎马夹和昂贵精美的过膝马裤，脚上穿着带银扣的鞋子。他的脑袋上顶着高高的丝绸帽，都快赶上闪闪爸爸的身高了，一只手拄着金顶手杖。他还戴着一副大眼镜，这让他成了闪闪眼中最尊贵的土拨鼠。

土拨鼠打开门，看到了邮差公兔，大声喊道："哎，你这么使劲按门铃干什么？我看你是因为迟到了半个小时，所以才故意想让我觉得你在努力赶时间吧。"

公兔没有回答，只是从口袋里掏出一封电报递给土拨鼠。土拨鼠连忙拆开信封，认认真真读起来。

"谢谢。没有回复。"他说。公兔立刻转身离去。

"哎，哎，"土拨鼠好像在喃喃自语，"那个愚蠢的农夫给我设了陷阱，看起来我的朋友们在发电报提醒我了。让我看看——那个陷阱在哪儿？"

他很快就发现了捕鼠夹子，然后抓住链条，把木桩从地上拔出来，一甩手就给扔到田里，扔出了好远。

"这个农夫，我要狠狠骂他一顿才行，"他嘟哝道，"他最近太放肆太张狂了，要不了多久还会得寸进尺的。"

这时，他的目光落在闪闪身上，小姑娘正躲在苜蓿丛

土拔鼠先生发现了闪闪

中注视他呢；土拨鼠大笑一声，伸出一只胳膊，瞬间就把她抓住了。

"哦，不！"他惊叫起来，"你在监视我，对不对？"

"我只是在等着看你落网。"小姑娘说，因为被高大的土拨鼠提着胳膊，她不得不站了起来。奇怪的是，她一点都不害怕，可能是土拨鼠先生的好脾气让她有了这份信心。

"那你可有的等了。"他咯咯地轻笑着说，"没看到我落网，自己倒是落进去了。对我来说这是名副其实的转败为胜，是吧？"

"我想是的。"闪闪失望地说，"我现在是犯人了？"

"你说是就是，你说不是就不是。"土拨鼠回答，"实话跟你说吧，我根本不知道该如何处置你。不过还是先进来吧，咱们谈谈。不能让别人看见我们在田里。"

土拨鼠依旧紧紧抓住闪闪的胳膊，带她进了那扇仔细上了锁的大门。他们穿过一个门厅似的地方，里面敞着几个房间，家具都很精美。之后他们进了一座漂亮的后花园，园子里铺满了鲜花和色泽鲜亮的植物，中间还有一注美丽的喷泉。一堵高高的围墙环绕着花园，花园外是另一个世界。

　　土拨鼠把囚犯带到喷泉旁边的长凳上，让她坐下，嘱咐她随意就好。

土拨鼠先生趾高气昂地走来走去

第三章　土拨鼠先生教训闪闪

闪闪看到周围的一切，心情大好，很快又发现了山脚下水里游来游去的金鱼。

"你怎么会如此震惊呢？"土拨鼠问，他一边沿着沙砾小路大摇大摆地在闪闪面前走来走去，一边优雅地摇着金顶拐杖。

"这就像一场梦。"闪闪说。

"当然。"他点头回答道，"你不该在苜蓿地里睡着的。"

"我睡着了？"她问道，显然对土拨鼠的话感到很讶异。

"那还用说。"他回答，"你没想过这是真的，对不对？"

"好像是真的。"她回答，"你不就是土拨鼠吗？"

"年轻的女士，如果可以的话，请用尊称，叫我土拨鼠先生，否则我会不高兴的。"

"哦，那好吧，您不就是土拨鼠先生吗？"

"现在是，但你醒了之后，我就不是了。"他说。

"这么说，你认为我在做梦？"

"这个必须你自己去琢磨。"土拨鼠先生说。

"你觉得是什么引发了这场梦？"

"我不晓得。"

"你觉得是我吃了什么东西的缘故吗？"她担心地问。

"我不这么想。这又不是什么梦魇，你知道的，到目前为止没什么吓人的。你可能是读了这类恐怖惊悚的故事书吧。"

"我都好久没看书了。"闪闪说。

"梦。"土拨鼠先生若有所思地说，"通常是没法解释的。不过这话本身就有错。梦中人不会去谈论梦境，甚至不知道那是个梦。所以咱们还是聊些别的吧。"

"在花园里可真开心，"闪闪说，"我一点儿也不介意待在这儿。"

"但你不能待在这里。"土拨鼠先生回答，"在我面前，

"是因为我吃了什么怪东西吗？"

你应该很不自在才对。你看呀，你们是土拨鼠最致命的敌人。你们人类满脑子想的都是怎么折磨土拨鼠，怎么消灭土拨鼠。"

"啊！不是那样的！"她回答，"我们还有很多更重要的事情要去想。不过当土拨鼠吃我们的苜蓿和蔬菜，把田地糟蹋得不成样子时，我们才会采取措施阻止。所以我爸爸才会设捕鼠夹子。"

"自私。"土拨鼠先生说，"如此对待不能自救的可怜小动物，真是残忍，我们只能吃找到的东西，否则就要等着饿死。田里的东西足够所有土拨鼠填饱肚子了。"

闪闪有点不好意思。

"我们靠贩卖苜蓿和蔬菜过活。"她解释道，"如果都被动物吃光了，那就没东西可卖了。"

"我们又不会吃穷你们。"土拨鼠说，"而且你们人类没来农耕之前，野生生物就已经开始享有土地了。说真的，你们真的不该如此凶残自私。被捕鼠夹子夹住真是痛不欲生，在人类来了结之前，还要生生忍痛好几个小时。我们不是很怕死。死亡不过就是眨眼之间的事。但捕鼠夹子上的一分钟简直比一个小时还要漫长。"

"说得很对。"闪闪说，此刻她追悔莫及，"我会告诉爸爸，让他以后别设捕鼠夹子了。"

"那会有帮助的。"土拨鼠先生高兴地回应，"希望你醒来后还能记得这个承诺。不过可以肯定的是，以前的账不能一笔勾销；我会考虑一个万全之策，让你为你父亲和其他设陷阱的人赎罪。"

"为什么？如果你那样想，"小姑娘说，"那跟坏坏的我们还有什么区别！"

"此话怎讲？"土拨鼠先生停下来，看着她问道。

"报复和自私残暴同样是不对的。"她说。

"我想你是对的。"土拨鼠回答，他摘掉丝缎帽子，用胳膊肘顺了顺毛发。"不过土拨鼠不比人类完美多少，所以你们发现我们时，应该欣然接受才是。现在我要叫家人出来了，我会让你在他们面前亮相。他们，尤其是孩子们，看到我幸运抓来的野孩子，肯定会非常享受的。"

"野！？"她愤怒地叫了出来。

"就算眼下不是野孩子，在你醒来之前还是逃脱不了野孩子的命运。"他说。

土拔鼠太太一家

第四章 土拨鼠先生和他的家人

土拨鼠先生根本不需要去叫家人，因为他正说这话时，说话声就传来了。土拨鼠太太沿着花园的小径走了过来，后面还跟着几个小土拨鼠。

土拨鼠太太穿得很招摇，丝绸礼服上饰满了蓬蓬花、花边和蕾丝，头上戴着高高的白帽子，插着长长的鸵鸟羽毛。她胖得出奇，即使在土拨鼠界也是如此，胖得连脑袋和身体之间的脖子都看不见了。尽管花园里有树荫，她依然打着一把花边遮阳伞，装腔作势地迈着步子，闪闪见状差点笑了出来。

小土拨鼠们体型不一，种类各异。一只土拨鼠小女孩

MAGINEL WRIGHT ENRIGHT

闪闪和小土拔鼠们

身前推着一辆玩具娃娃车，车里躺着一个土拨鼠布娃娃，样子很逼真。玩具布娃娃的身体里填充了柔软的材料，看起来圆滚滚的，脸上缝了两颗玻璃珠眼睛。一个土拨鼠大男孩穿着灯笼裤，戴着大黑头巾帽子，滚着铁环。还有几个小一点的土拨鼠男孩和女孩，穿得都很离谱，在母亲身后跟了长长的一排。

"亲爱的，"土拨鼠先生对妻子说，"我在前门外抓到了这个人类小孩。"

"哼！"土拨鼠女士傲慢地盯着闪闪，发出一声嘲笑，"你怎么会把这种东西带进我们的花园，利安德？这个恐怖的家伙，看她一眼我就浑身发抖！"

"啊！妈妈！"其中一个孩子嚷嚷道，"瞧这个野兽，瘦得皮包骨头！"

"它的脸上没有一丁点儿毛，爪子上也没有。"另一个孩子说。

"还没有尾巴呢！"推着玩具娃娃的土拨鼠小女孩大呼。

"是啊，还真是个怪异的生物。"土拨鼠母亲说，"我的宝贝儿们，别碰它。它会咬你的。"

"用不着担心。"闪闪说，她已经被这些言语激怒了，"再怎么着，我也不会对脏乎乎、油腻腻的土拨鼠下口的！"

"吼吼！妈妈，听到她是怎么称呼咱们的吗？她说咱们又脏又油！"孩子们大声喊了起来，有人还从地上拾起鹅卵石，握在手里，好像准备随时丢向闪闪。

"啧！啧！别那么残忍！"土拨鼠先生说，"切记，这个可怜的小东西是个囚犯，她根本适应不了咱们的优良社会；何况，她正在做梦呢。"

"真的？"土拨鼠太太好奇地看着小姑娘，惊呼道。

"千真万确。"他回答，"否则她怎么会看到咱们这身打扮，我们又怎么会比她还高大。整个事情都是不合常规的，亲爱的，你不承认不行。"

"但我们没在做梦。是吧，爸爸？"拿铁环的土拨鼠小男孩紧张地问。

"当然没有。"土拨鼠先生回答，"所以这是你们了解我们的劲敌——人类——的好机会。你会发现他们的身体结构非常奇怪。除了头顶，其他地方都是没有毛发的，而且他们爪子的形状也很奇特。爪子上狭长的裂缝分出了手指和脚趾，爪子扁平笨拙——一点也不如我们的锋利强壮。"

"我觉得这个野兽太丑了。"土拨鼠太太说，"我要是去摸她那身皮包骨头，肯定会满身起鸡皮疙瘩的。”

"那真是再好不过了。"闪闪愤慨地说，"我可以告诉你，你不会有机会起鸡皮疙瘩的！你这个讨厌的无知的家伙！假如你能有一点儿教养，就不会对陌生人如此无礼。"

"听啊！"土拨鼠太太惊骇地说，"这可不就是野孩子嘛！"

"你是个讨厌的家伙"

第五章　土拨鼠先生的质问

"真的，"土拨鼠先生对妻子说，"你应该宽容这些渺小人类的情感。她在人类中属于相当聪明温顺的了，心肠也不错，我可以确定。"

"我是没看出来她有什么聪明的。"土拨鼠女孩说。

"我想我上过的学比你们多。"闪闪说。

"上学！为什么？上学是什么？"

"你们不知道学校？"闪闪惊愕地喊道。

"我们这里没有学校。"土拨鼠太太说，好像还很得意似的。

"你们不懂什么地理吗？"小姑娘问。

"我们用不到什么地理。"土拨鼠太太说,"因为我们从不出远门,也丝毫不在乎与佛罗里达①南部接壤的是哪个州。我们不经常旅行,学习地理等于是在浪费时间。"

"但你连算术也不会吗?"她问,"不会做算术题吗?"

"为啥要会?"他回应,"最困扰你们人类的就是金钱,而我们土拨鼠根本不用钱。所以我们也不需要数字和算术。"

"真不知道你们没钱是怎么活的。"闪闪疑惑地说,"那些好衣服都得花钱买吧。"

"你很清楚,在正常情况下,土拨鼠是不穿衣服的。"土拨鼠先生回答,"只是因为你在做梦,所以才看到我们穿成这个样子。"

"或许吧。"闪闪说,"不过别再跟我说什么不聪明、懂得不多之类的话。如果你们连学都没上过,那我懂得的铁定比你们全家加在一起都要多!"

"在某些事情上,可能是。"土拨鼠先生承认,"但是告诉我:你知道哪种红苜蓿最好吃吗?"

---

① 佛罗里达:美国东南部的州。

MAGINEL
WRIGHT
ENRIGHT

"那样会培养出一只极其可怜的土拨鼠"

"不知道。"她说。

"那你知道怎样在地上打洞居住吗？洞穴里要有不同的房间和走道，要向山丘的高处倾斜，这样雨水才不会淹进去。"

"不知道。"闪闪说。

"那么在二月份的第二天（土拨鼠节，你们懂的），你能判断出未来六个星期的冷暖吗？"

"我想我不能。"小姑娘回答。

"那么，"土拨鼠先生说，"我们知道一些你不知道的东西；虽然土拨鼠无法像人类那样去教室上课，但如果你是土拨鼠，肯定是个极其可怜的土拨鼠，请原谅我这么说。"

"我也是这么想的！"闪闪大笑着说。

"现在，小人儿，"他看了看手表继续说，"快到你醒的时间了；如果我们打算惩罚惩罚你，让你替人类对土拨鼠制造的悲剧埋单的话，就不能再耽误时间了。"

"不用着急。"闪闪说，"我可以等等。"

"她想逃。"土拨鼠太太轻蔑地大呼起来，"别让她逃掉了，利安德。"

　　"当然不会，亲爱的。"他回答，"不过我还没想好怎么惩罚她。"

　　"带她去见铁石心肠法官。"土拨鼠太太说，"他会知道怎么处置的。"

小土拨鼠们开心地叫嚷

第六章　闪闪被带去见法官

听到这里，土拨鼠孩子们开始欢快地起哄，嘴里喊着："带她去，爸爸！带她去见铁石心肠的老法官！啊！天哪！他不会狠狠揍她一顿吧！"

"谁是铁石心肠法官？"闪闪略显不安地问。

"一位德高望重的年迈土拨鼠，他是我妻子祖父的表亲。"对方回答，"在我们眼里，他是我们族类中最睿智最聪慧的；他在所有问题上都能做到刚正不阿，从未偏袒过任何一位作恶者。"

"我没犯什么错。"小姑娘说。

"但你父亲犯错了，还有周围其他的农民。他们对我的同胞们毫不留情，把能抓到的全杀了。"

闪闪沉默了，她知道土拨鼠先生说的句句属实。

"就我而言，"土拨鼠先生接着说，"我是个软心肠，不到万不得已，我连踩死一只蚂蚁都不愿意。何况我觉得你也很善良。不过你是人类，而我是土拨鼠，所以还是把你带去见铁石心肠的老法官，让他来决定你的命运吧。"

"万岁！"那帮小土拨鼠又喊了起来，然后穿过花园里的小路跑开了，留下肥胖的妈妈在后面步履蹒跚，她把花边太阳伞举过头顶，好像怕被太阳晒到似的。

闪闪很高兴他们走开了。她并不喜欢那帮土拨鼠孩子，因为他们又野蛮又没规矩，他们的妈妈更是有过之而无不及。至于土拨鼠先生，闪闪并不是很讨厌他；事实上，她还很喜欢跟他聊天，因为他说话很有礼貌，眼神充满了愉悦和善意。

"现在，亲爱的，"他说，"我们要离开这座花园了，在园子里很安全，但到了围墙外面，我就要防止你逃跑啦。希望这几分钟真正的囚犯待遇不会伤到你的自尊。"

土拨鼠先生从口袋里套出一个皮圈，闪闪觉得那很像狗脖套。他走上前去，把皮圈套在小姑娘的脖子上。皮圈

来到法官"铁石心肠"的家

上系了一段六英尺长的细链子，链子的另一端握在土拨鼠先生的手里。

"好了，现在，"他说，"请安安静静地跟我走吧，不要吵也不要闹。"

他带着闪闪来到花园的尽头，打开墙上的一扇木门，走了出去。花园外的土地寸草不生，只有干硬的泥土，也没有树木和灌木可以遮蔽烈日。不远处有一个圆形的土堆，也是干硬的泥土堆建的，上面有一个门，还有几扇窗户，闪闪立刻认出那是一所房子。

周围没有活物——甚至连土拨鼠也没有——闪闪对这些干巴巴的黏土景观毫无兴趣。

土拨鼠先生牢牢攥着铁链，带着犯人跨过贫瘠的土地，在圆土堆前停下，开始轻轻地敲门。

第七章　闪闪被定罪

"进来！"里面传来一个声音。

土拨鼠先生推开门，走了进去，铁链的另一头牵着闪闪。

一只土拨鼠坐在屋子中间，因为年纪大了，他的头发已经斑白。他的鼻子上架了一副大眼镜，头上戴着一顶圆形的针织帽，帽穗从顶部垂到头上。他只穿了一件褪色的旧睡袍。

他们进来时，年老的土拨鼠正忙着玩一堆黏土多米诺骨牌，他在泥桌子上洗牌理牌；抬头看了一眼，又低下头继续兴趣浓厚地研究配牌了。

法官"铁石心肠"在家

游戏终于结束了，他抬起头，目光犀利地盯着来访者。

"下午好，法官。"土拨鼠摘掉丝缎帽，毕恭毕敬地鞠了个躬。

法官没有回应他，却一直注视着闪闪。

"我来是想征询您的建议。"土拨鼠先生继续说，"一个偶然的机会，我抓到了一个凶残的人类——和平土拨鼠最大的敌人。"

法官睿智地点了点花白的脑袋，还是没说话。

"可现在我抓到她了，却不知该如何处置。"土拨鼠先生接着说，"尽管我觉得她应该受到处罚，应该感受一下人类带给我们的苦难。但我却意识到伤害一个生命是多么的可怕，而且我从内心深处已经愿意原谅她了。"说完，他用红色丝绸手帕擦了擦脸，好像很沮丧。

"她正在做梦。"法官的声音又尖又快。

"是吗？"闪闪问。

"当然。你可能是睡着时躺的姿势不对。"

"啊！我说是怎么回事呢。"她说。

"非常讨厌的梦，是吧？"法官继续问。

"也不是很讨厌啦。"她回答，"在土拨鼠的地盘上看到他们，听他们说话很有意思，土拨鼠先生已经向我展示了使用捕鼠夹子是件多么残忍的事。"

"很好！"法官说，"有些梦不容易回想起来，所以我要给你一个教训，这样你就会记住了。你将会被捕鼠夹子夹一次。"

"我！"闪闪惊慌地叫了出来。

"是的，你。等你知道被捕鼠夹子夹住有多痛苦时，就会把捕鼠夹子的事永远铭记于心了。人们通常记不起梦，除非是那些异乎寻常的噩梦。不过我相信你会记住这个梦的。"

他站起身，打开泥制橱柜，拿出一个巨大的钢夹子。闪闪认出那很像是爸爸设的捕鼠夹子，只是看起来更大更有力。

法官用一个棒槌把木桩锤进泥地板。然后把捕鼠夹子的锁链系到桩子上，继而打开凶器的钢牙铁口，他在上面设了一个杠杆，这样哪怕轻微的触动都能让夹子动起来，咔嗒一声合上坚固的牙齿。

"现在，小姑娘。"他说，"你得踩到捕鼠夹子里去。"

"为什么？如果那样，我的腿会被夹断的！"闪闪大呼。

法官拿出镣铐

“你的父亲在意过土拨鼠会不会断腿吗？”法官问。

“没有。”她回答道，一阵浓浓的恐惧袭上心头。

“踩上去！”法官厉声喊道。

“会受重伤的。”土拨鼠先生说，“不过没办法。捕鼠夹子就是这么残忍。”

闪闪浑身发抖，她又紧张又害怕。

“踩上去！”法官又喊了一声。

“天哪！”土拨鼠先生关切地望着闪闪的脸说，“我觉得她快要醒了！”

“太糟了。”法官说。

“不，我倒挺高兴的。”土拨鼠先生回答。

就在那时，小姑娘一下子惊醒了。

她正躺在苜蓿地里，前方是土拨鼠洞口，洞前还放着捕鼠夹子。

"踩上去！"法官厉声喊道。

第八章　闪闪回想起来了

　　"爸爸。"晚饭后，闪闪甜蜜地依偎在爸爸的膝上说，"我希望爸爸以后不要再设捕鼠夹子捉土拨鼠了。"

　　"为什么呢，亲爱的？"他惊讶地问。

　　"太残忍了。"她回答，"可怜的小动物落网后肯定非常痛苦。"

　　"我想也是。"父亲想了想说，"但是不设捕鼠夹子的话，土拨鼠会吃掉咱们的苜蓿和蔬菜的。"

　　"不用担心。"闪闪诚恳地说，"我们和他们一起分享吧。上帝创造了土拨鼠，你知道的，就像创造我们一样，但土拨鼠无法像我们一样种植作物。它们只能找到什么吃什么，否则就会饿死。而且，爸爸，世界这么大，这么美好，上帝创造的生物应该个个有饭吃的。"

爸爸轻轻吹起口哨，不过他的面部表情还保持着严肃；之后，他弯下身子，亲了亲小姑娘的额头。

"亲爱的，我不会再设捕鼠夹子了。"他说。

那天晚上，等到闪闪舒舒服服地钻进被窝之后，她的父亲缓缓走过芳香扑鼻的田间，来到土拨鼠的洞前；捕鼠夹子还在原处，在明亮的月光下清晰真切。他捡起捕鼠夹子，收进谷仓。再也没有用过。

闪闪奇遇记五：

闪闪的魔法

TWINKLE'S ENCHANTMENT

闪闪的魔法

第一章　闪闪进了大峡谷

一天下午，闪闪决定去大峡谷一趟，为爸爸的晚饭采点蓝莓。她身穿蓝色的格子花布裙，头戴蓝色太阳帽，脚上穿了一双结实的鞋子，然后提上锡桶就出发了。

"早点回来吃晚饭！"妈妈从厨房门廊朝外喊道。

"我会的！虽然现在不饿，快到晚饭时，我肯定会饿坏的，所以会按时回来吃饭的！"闪闪一边快步走出家门一边回答说。

峡谷离闪闪家不远，整体就像一个大壕沟，但是崖壁并不太陡峭，可以爬下去，峡谷中间是起伏的山包和深深的沟渠，长满了野生灌木、藤蔓和几种开花植物——在这个地方很罕见的植物。

闪闪在达科他这块住了没多久，因为爸爸在峡谷附近买了个新农场才搬过来的。她喜欢在水里蹚来蹚去，摘一些平原上没有的莓子和果子，这个巨大的壕沟也因此成了她嬉戏玩耍的乐园。

今天，她从房子后面的小路爬下去，小心翼翼地，很快就到了峡谷底下，之后她开始寻找莓子；可惜之前来摘过，现在连个莓子影子都找不到了，所以小姑娘决定再走远一点。

她坐下休息了一会儿，无意中看到了对面——一簇簇的灌木丛，缀满了成熟的蓝莓——就在对面崖壁的半山坡上。

闪闪从未走过这么远，但如果想为爸爸的晚餐采到莓子，就必须要爬上山坡，想到这里，她站起身，朝目标走去。这一切的一切对小姑娘来说都是全新的，仿佛是一个美丽的仙境，她压根不知道峡谷已经被施了魔法。不一会儿，路上爬来一只甲虫，闪闪停下来让路，却听到对方说："小心那道魔法线！再不注意，就要跨过去了。"

"什么魔法线？"闪闪问。

"快到你鼻子下面了。"小家伙回答。

闪闪进了大峡谷

"可我什么也看不见呀！"她仔细看了看说。

"你当然看不见啦，又不是人人都能看到的标记，这可是道魔法线呀，跨过去的人一定能看到奇妙的事情，也一定会经历奇妙的冒险。"甲虫说。

"我才不在乎呢！"闪闪说。

"好吧，你不在意的话，我也无所谓了。"甲虫说完便横穿过小路，消失在一块大石头下面。

闪闪没感到一丝一毫的恐惧，坚持朝前走去。倘若甲虫说的是真的——果真有一条隐形的界限来分隔普通现实的世界和魔法的世界，那她倒很想见识见识，每个小女孩都会有这种想法。她突然想到在遇到甲虫之前肯定就已经穿越魔法线了，否则怎么会听懂甲虫语，怎么会知道它在说些什么呢。闪闪心里很清楚，在现实世界里，孩子是不与甲虫说话的，她一边反复思量，一边冷静地向前走去。突然，一个声音大喊："小心！"

闪闪遇到一只甲壳虫

第二章　滚动的石头

闪闪停了下来，朝四周看了看，想找到说话的人，结果谁也没看到，所以又继续上路了。

"小心！不要踩到我了！"声音再次响起。

她仔细看看脚下——除了一块圆滚滚的大石头和一棵刺刺的苍蓟，其他什么也没有，石头的体积跟她的头差不多大，而那棵苍蓟，能躲开的话，她是万万不会踩上去的。

"谁在说话？"她问。

"啊，是我在说话，你觉得还会有谁？"对方回答。

"不知道，我没看见有谁呀！"闪闪说。

"那你肯定是个瞎子！我是滚石呀，就在你左边脚趾两英寸的地方。"那个声音说。

"滚石！"

"正是！正是我！我就是不生苔藓的滚石。"

"才不是！"闪闪坐到路边，端详起那块石头。

"为什么不是？"

"因为你不滚呀！你是块石头没错，我看得出来，可你没在滚呀！"她说。

"傻呀你！我是滚石，也不用分分钟都在滚吧，是不是？"石头回答。

"当然要一直滚呀，否则只能算一块普通静止的石头。"闪闪回答。

"哎呀！我的天哪！"石头表示感慨。"你怎么就听不懂话呀。你是个爱说话的小姑娘，对不对？"

"对呀！"闪闪说。

"可你不用分分钟都说话，是不是？"

"妈妈说我的嘴巴就是分分钟不闲着呀！"她回答。

"但你并不是啊，你总有安静的时候，对不对？"

"那当然咯！"

"对我来说这是同样的道理，我有时候会滚，所以我叫

仔细地盯着那块石头

滚石；而你有时候很爱说，所以你叫爱说话的小姑娘。"

"不，我叫闪闪。"她说。

"'闪闪'听起来就不像个名字。"石头表示。

"可爸爸就是这么叫我的。"小姑娘解释。然后她忽然想到自己已经出来晃荡很久了，于是说：

"我要上山采莓子了，既然你会滚，那就跟上来吧！"

"什么！上山！"石头大叫。

"怎么了？"闪闪问。

"谁听过石头上山的？这也太奇葩了吧！"

"下山的话，哪块石头不会呀。要是你上不了山，那也就是块普通的鹅卵石而已嘛！"孩子说。

"啊！如果是必须的，我还真就能上山。"石头焦躁地宣称，"不过比较费劲，会伤着背的。"

"我就没见着你有背。"闪闪说。

"哎呀！我全身都是背啦！"石头回答，"你们背疼，那就是背部一块地方疼，我要是背疼，那就是全身疼，除了腰。"

"腰疼才最要命呢！"闪闪严肃地说，"好吧！如果你不走，那我可要说拜拜咯。"她跳起来说。

　　"要合群哪！"石头深深地叹了一口气说，"我会一路陪着你的，不过下山容易上山难呀，我可以向你保证。"

　　"哎呀！你还真是个抱怨狂！"闪闪说。

　　"因为我的生活不易呀！"石头郁闷地回应，"没多少机会跟同样社会地位的人聊天呀！"

　　"你连脚都没有，哪来的地位？"闪闪冲着石头摇摇脑袋说。

　　"至少每个人都有理解力吧，理解力就是最好的地位。"对方回答。

　　"也许吧，不过我还是很高兴自己有双腿，两条一模一样的腿。"孩子想了想说。

"请等一等！"

第三章　奇特见闻

"请等一等！"一个小小的声音请求道。小姑娘看到一只黄色的蝴蝶飞落在石头上，"你是从农场来的孩子吧？"

"没错。"听到蝴蝶说话，她被逗乐了。

"那你能告诉我，今天你妈妈会搅拌黄油吗？"漂亮小家伙秀丽的翅膀一开一合。

"干吗问这个？"

"如果搅拌，我今天就会飞去偷一点黄油；如果不搅拌，我就会飞去峡谷，去认识的蜂巢抢点蜂蜜。"

"你为什么又偷又抢的？"闪闪问。

"只有这样，我才能活下去呀，没人给我东西，我只能自己去拿。"蝴蝶说。

"你喜欢黄油吗？"

"当然喜欢啦！否则怎么会叫蝴蝶① 呢。对黄油的喜欢胜过其他所有东西，不过我听说在有些国家，孩子们会在窗台上放一小碟黄油，蝴蝶饿了会自己去吃，真希望我也生活在那样的国度呀！"

"妈妈周六才会搅黄油，这个我知道，因为到时候我得去帮忙，我最讨厌做黄油啦！"闪闪说。

"那我今天就不去农场了，"蝴蝶回答，"再见！小姑娘！如果记得起来，请在方便我找到的地方搁上一小碟黄油。"

"好的。"闪闪说。蝴蝶拍打翅膀，穿过天空，飞向下面的峡谷。

小姑娘开始爬山了，那块石头也缓缓地滚到她身边，哼哼唧唧，嘟哝个不停，一直在抱怨路不好走。

这时，她注意到一本小书正在过路，跟一枚邮票差不多大，两条腿好像大黄蜂腿，细长细长的，走路却非常快，

---

① 蝴蝶的英文 butterfly 由 butter（意为"黄油"）+fly 构成。

小学问

封面半开着，书页在疯狂地翻动。

"那是什么？"闪闪惊讶地盯着书本问。

"是'小学问'。"石头回答，"当心！据说它是个危险品。"

"已经走啦！"闪闪说。

"随它去吧！反正我认识的人都不想要它。帮我翻过这个障碍，好不好？"

于是她滚着石头过了小土丘，正在那时，一种很像"噗！噗！噗"的奇怪噪音引起了她的注意。

"那是什么？"她问道，同时犹豫要不要向前走。

"一只鼬鼠而已，静静地等一会儿就能看到了，只要他觉得周围没其他人，就会发出'噗！噗'的声音。"

果不其然，过了一会儿，鼬鼠出现了，过马路时，一步一个"噗"声，但当他看到闪闪正在看他时，立刻停止"噗噗"，迅速钻进一簇高大的草丛里，藏了起来。

他们已经快到莓子林了，闪闪跑得很快，滚石费了好大劲才跟上。但是到了灌木林后，她看到一群奇怪的鸟儿正蹲在树上，疯狂地吃着莓子。它们不比知更鸟大多少，没有羽毛，浑身都是柔软的天鹅绒般的皮肤，黑眼睛十分欢快，细长的鸟喙从鼻子弯曲下来，看上去活泼俏丽。最

单羽鸟

让闪闪吃惊的还不是鸟儿光秃秃的皮毛，而是每只鸟的尾巴后都长着一根长长的羽毛，非常特别。

"我认识它们，它们就是单羽鸟。"她聪慧地点着脑袋说。

鸟儿闻声哄堂大笑，其中一只说道："也许你以为这就是我们凑群扎堆的原因吧！"

"啊！不是那个原因吗？"她问。

"当然不是！我们扎堆的原因是不屑与普通鸟类共伍，就是那些浑身长毛的家伙。"鸟儿声称。

"你们光着身子，我觉得你们该不好意思才是。"她说。

"事实上，闪闪，这个世界是物以稀为贵，地球上有几百万只鸟，但像我们这样只有一根羽毛的却是少之又少。依我看，你要是只长一根头发，会比现在漂亮很多。"另一只鸟儿说道，同时，它啄了一颗蓝莓，一口吞了下去。

"那我就更出彩了，我敢保证。"闪闪用了一个她能想到的最大的词来形容。

"这还真是见仁见智，我既没头发也没羽毛，可我很喜欢自己这样。"滚石费力地滚到闪闪旁边说。

鸟儿们闻声又大笑起来，它们吃完了莓子，冲向空中，飞走了。

闪闪邂逅舞蹈熊

第四章　跳舞的熊

"真的，我还真不知道有这么多的东西都会说话呢！"闪闪把采下的莓子放进桶里时说。

"因为你现在身处峡谷被施了魔法的范围内，等你回到家，会以为这一切都是一场梦的。"滚石说。

"难道不是吗！"闪闪停下来，看看四周，感到自己是真真实实存在的，她突然哭喊起来，"跟爸爸给我讲的童话故事一样，不过我不记得什么时候睡着的，可能真的是睡着了。"

"别担心！"石头边说边发出一个奇怪的声音，闪闪觉得他是在笑，"如果你从梦里醒过来，只会遗憾醒得太早；如果你发现自己没睡着，那么这将会是一场奇妙的冒险经历。"

"没错。"小姑娘回答，然后继续往桶里放莓子，"要是我告诉妈妈，她连一个字都不会相信的。爸爸会笑着捏我的脸蛋，说我像梦游仙境的爱丽丝 ① 或奥兹国的多萝西 ②。"

正在那时，她看到一个又大又黑的东西从另一边跑到灌木旁，当她看到一只大熊用后腿站立面前时，小心脏扑通扑通跳得更快了。

他头上戴了一顶红帽子，由一根橡皮筋固定；圆圆的眼睛小而聚光；脸上好像挂着微笑，因为两大排白白的牙齿露了出来。

"别害怕！只是舞蹈熊而已。"滚石大声叫道。

"孩子为啥要怕我？"舞蹈熊声音轻柔地问，让闪闪想起了小猫咪的喵喵声，"从没听说过舞蹈熊伤人事件，我们几乎算得上是世界上最无害的动物了。"

"你真的是舞蹈熊？"闪闪好奇地问。

"是的，亲爱的。"他回答，然后深深地鞠了个躬，之

---

①② 皆为仙境历险类童话中的女主人公。

闪闪和舞蹈熊继续赶路

后自豪地交叠着胳膊，靠到旁边的大石头上，"真希望能有人告诉你我是一个多么优秀的舞者，你知道的，我可不是王婆卖瓜，自卖自夸。"

"我可不那么认为，"闪闪说，"假如你是舞蹈熊，那怎么不跳舞？"

"瞧！又来了！"滚石大叫，"这个叫闪闪的小姑娘想让所有人都动起来，她开始不相信我是滚石，因为我当时一动不动地躺在那里。现在她又不相信你是舞蹈熊，因为你没有一直跳舞。"

"嗯，倒是有点道理。说实话，我只有在跳舞时才是舞蹈熊，而你只有在滚动时才是滚石。"舞蹈熊说。

"请允许我表示异议。"石头冷冷地说。

"哎呀！怎么着咱们也别吵架呀。我邀请你们去我的洞里观看舞蹈表演，这样闪闪就知道我是舞蹈熊啦！"舞蹈熊说。

"我得采够爸爸晚饭吃的莓子，现在桶还没装满呢！"小姑娘说。

"我来帮你！"大熊礼貌地说，然后开始帮闪闪往桶里装莓子。他那笨拙的大熊掌摘起蓝莓来利索得让人诧异，闪闪费了好大劲才跟上他，还没意识到干活干得多快时，小桶就已经装得满满当当，全是新鲜丰润的莓子。

"现在，我带你们去洞穴。"大熊说。

他用软绵绵的熊掌拉住闪闪的手，带她沿着陡峭的山壁去洞穴，还没走多远呢，闪闪就一脚踩滑了，情急之下，她狠狠地推动石头，救了自己，却把滚石推了下去。

"你没事啦！我不行啦，失去平衡啦，控制不了自己呀！"石头打转时，激动地嘟哝道。

话音还没落呢，大圆石头就顺着峡谷壁飞跌而去，撞上山丘，碰上碎石——时而跃入空中，接着又贴到地面，越滚越远。

"天哪！滚石会不会受伤呀！"闪闪看着说。

"没事的，他坚硬得像块岩石，峡谷里没什么能伤得了他，不过这位朋友要花很长时间才能滚回来，所以咱们别等了，继续赶路吧，亲爱的。"

他又伸出爪子，闪闪拉着他的手，另一只手提着小桶，很轻松就过了凹凸不平的路面。

滚石跌落峡谷

第五章　瀑布洞

没多久，他们就到了洞口，从外面看上去黑漆漆、阴森森的，闪闪向后退了两步，说自己不想进去了。

"里面很亮的，还有一挂漂亮的瀑布呢，别害怕，闪，我会好好照顾你的。"大熊说。

小姑娘鼓足勇气，让大熊带自己进了山洞，洞里好宽敞呀，洞顶还有很多缝隙，阳光和空气可以透进来。她无比庆幸自己的决定，而不是像个胆小鬼似的躲在外面。她还惊诧地发现侧墙周围有几对大耳朵，仿佛是用岩石刻出来的。

"这些耳朵是干吗用的？"她问。

舞蹈熊展示才艺

"你家墙上没有耳朵？"大熊好像很吃惊地问。

"听说过，但没亲眼见过。"她回答。

岩洞后方有一帘小瀑布，叮叮咚咚地落入下面的池塘，好像音乐一般。瀑布边有一块方形石板，比地面略微高出一点。

"请坐吧！亲爱的。我会让你开心的，同时也向你证明我会跳舞。"大熊说。

和着瀑布的乐声，大熊开始起舞，他先是爬上平石板，优雅地朝闪闪鞠了个躬，然后单脚站立，找到平衡点，之后又换另外一只脚，缓缓地转着圈儿，然后再转回来。

"怎么样？"他问。

"不是很喜欢，我觉得我可以跳得更好。"闪闪说。

"可你又不是熊，小姑娘比熊跳得好，这没啥大不了的。不是每只熊都会跳舞哦，假如有手摇风琴伴奏，而不是这个瀑布，我会跳得更棒的。"他说。

"我也希望你能有一个。"小姑娘说。

大熊又跳了起来，这次他的舞步更快了，转圈儿的样子十分搞笑。因为急于向闪闪展示他的舞蹈能力，有一两次，他差点儿从石板上掉下来；还有一次被自己的脚绊倒，引得闪闪哈哈大笑。

表演结束时，一个奇怪的声音喊道：

"大熊！"一只绿色的猴子蹿进洞穴，朝表演者扔去一块大石头，舞蹈熊被石板砸下，掉进瀑布下的水塘，等到他再次爬出来时，已经成了"落汤熊"。

舞蹈熊大吼一声，飞快地追向猴子，最后追到了洞外面。闪闪提起蓝莓桶，跟了出去，在山坡的阳光里，她看见猴子和大熊紧紧抱在一起，不是愉快的那种，而是愤怒的，又号叫又唠叨的。

"你还会扔石头砸我的，是不是？"大熊叫道。

"逮着机会就会扔的，刚刚那一下是不是扔得很准呀？你不是扑通一声就掉进水里了吗？"猴子尖厉地笑道。

正在那时，他们从土堆上翻了下来，顺着小山滚了下去。

"松手！"大熊叫道。

"你先松手！"猴子尖号。

谁也不肯松手，结果他们抱成一团，越滚越快，等到闪闪最终看见时，他们已经被弹到了大峡谷底部的灌木丛里了。

绿猴子的恶作剧

第六章　轻灵王子

"天啊！我迷路了，不知道哪条是回家的路呀！"小姑娘四下里看了看说。

于是她在草地上坐了下来，试图回想来时的路和穿越大峡谷回农场的路。

"要是滚石在就好了，他会告诉我的，可惜现在就我一个人啦！"她大声叫道。

"不！不！你不是一个人，还有我呢，我可比滚石知道得多。"一个甜美的小声音说道。

闪闪细心地这瞧瞧、那瞧瞧，想看看是谁在说话，最后，她在旁边一片长长的草叶上发现了一只漂亮的蚱蜢。

闪闪邂逅轻灵王子

"刚才是你在说话吗？"她问。

"是的，我是轻灵王子，是蚱蜢镇最会跳的跳跃健将。"

"蚱蜢镇是什么地方？"孩子问。

"哈，蚱蜢镇靠近峡谷底部，就在你看到的那片浓密的草地里。你回家的路上会经过的，我很乐意带你去参观参观。"

"我不会踩到你们吗？"她问。

"注意点就不会。"轻灵王子回答，"蚱蜢相当活跃，你知道的，我们被踩到的情况不多。"

"好吧！我想去看看蚱蜢的家。"闪闪说。

"那就跟着我吧，我来带路。"轻灵王子说着便从草叶上蹦了出去，这一跳至少有六英尺远。

闪闪起身跟了上去，两眼牢牢盯着英俊的轻灵王子，王子跳得太快啦，她要小跑才能跟上。不过每到一个地方，轻灵王子都会在草丛中或小石块上等着她，然后再继续往前跳。

"有多远哪？"闪闪问。

"大概一英里半，很快就到啦，因为你就是一英里呀，而我对半英里很在行。"对方回答。

　　"你是怎么算出来的？"闪闪问。

　　"哎呀，我经常听人家说'失之毫厘，谬以千里'，而你就是位小姐^①，对不对？"

　　"不，我还只是个小姑娘，不过晚饭时我还没到家的话，爸爸可真的要想念^②我咯。"

---

① "小姐，女士"的英文与"相差"的英文都是 miss。
② "想念"的英文也是 miss。

空中城堡

第七章 蚱蜢们的舞会

太阳开始西沉，落入大草原，闪闪开始担心了，怕晚饭时赶不到家，她在金色的余晖中，饱览了宫殿和城堡的美景。这些建筑都悬浮在山谷上方的空中，窗户好像都是银质的，屋顶全都是金质的，还有绚丽的旗帜在屋顶和塔尖飘扬。

"这个城市叫什么？"她惊诧地站在原地问道。

"那不是城市，只是空中的城堡而已——很美，但是没人能靠近。来吧！我的朋友，咱们快到蚱蜢镇了。"对方回答。

闪闪继续朝前走，没多久，轻灵王子就在一株蜀葵茎前停了下来。

"现在，请你坐在这里，就在这里，这个角度能看到我们的人民，今晚是我们的例行舞会哦——你还能听到乐队演奏呢！"

闪闪遵照嘱咐坐了下来，努力去听，可只能听到低低的呼呼声，还有类似甲虫扇动翅膀时的咔嗒咔嗒声。

"那是鼓手，他确实很聪明。"轻灵王子说。

"天哪！已经到晚上啦！这个时候我应该上床睡觉才对。"闪闪大吃一惊地说。

"没关系啦！睡觉随时都能睡，可我们这个年度舞会不是时时都有哦，能亲眼看到可是极大的荣幸呢！"蚱蜢说。

突然间，他们周围的草全亮了起来，好像点了上千盏灯似的。闪闪凑近了去看，发现原来是外围绕了一圈萤火虫，正在为舞会照明呢！

光圈中间聚集了几百只蚱蜢，大小各异，小一点的呈淡绿色、中等个头的呈深绿色、最大的呈淡黄色。

更让闪闪感兴趣的还是乐队成员，音乐家们全是甲虫和大虫子，全体成员坐在一张阔大的伞状蘑菇上。一只肥

甲虫乐队演奏

肥的龙虱① 在弹奏和他一样肥硕的低音提琴；两只漂亮的瓢虫在拉小提琴；一只颜色鲜亮、黑红相间的圣甲虫在嘟嘟地吹着长号；一只沙地甲虫振翅发出一种类似于乐鼓的声音；还有一只椋鸟虫，发出笛声般尖锐的声音——当然，闪闪并不清楚这些甲虫的名字，只知道他们都是"虫子"。

乐队演奏，音乐响起，比想象得更优美动听，蚱蜢很喜欢这种音乐，纷纷翩翩起舞。

闪闪一次又一次被蚱蜢们的滑稽舞姿逗乐了，他们就是围成一个圆圈蹦呀跳呀，从对方的身上跃过去，蚱蜢男士和蚱蜢女士还手拉着手，一方用后腿站立，把舞伴甩起来，在空中飞旋，小姑娘单是看着就觉得头晕。

有时候，他们会两人同时跳起，在空中撞上彼此，再翻筋斗翻到地上，把其他舞者绊倒。闪闪看到轻灵王子和其他人一直在跳舞，他的舞伴是个可爱的绿色蚱蜢，黑亮黑亮的眼睛，天鹅绒般的纱翼。他们没有像其他伙伴那样碰来撞去，舞姿非常优雅。

狂欢到了高潮，蚱蜢服务生端着点心登场了，看上去

---

① 龙虱又称潜水甲虫或真水生甲虫。

像是抹着厚厚蜜糖的草种，这时，一只大猫突然跳到狂欢的圈子里。

灯光瞬间灭了，萤火虫向四面八方飞开了，黑暗中，闪闪觉得自己还能听见低音提琴的嗡嗡声和瓢虫笛音似的鸣啭声。

接下来，闪闪感觉有人在晃她的肩膀。"宝贝儿，醒醒咯！马上该吃晚饭啦，爸爸正等着你呢，我看你一粒蓝莓也没摘到嘛！"这是妈妈的声音。

"咦！我摘了呀！"闪闪坐起来，先是揉了揉眼睛，随后又认真地看了看空荡荡的锡桶，说道，"几分钟前还都在桶里呢，这到底是怎么啦？"

从梦中醒来

闪闪奇遇记六：
草原土拨鼠小镇

PRAIRIE-DOG TOWN

草原土拨鼠小镇

第一章　野　餐

　　达科他州①的西部大草原上，有一个叫埃奇利的小镇，一个接近文明的小镇——"文明"可不是一个普通的词汇，它意味着某些人可以过上更好的生活。埃奇利人过着好日子，小镇里建了近十七座木头房子，其间还有一所学校、一间教堂、一家商店和一个铁匠铺子。人们从前门可以上街，从后门可以直接踏进广阔的草原，这也是住在附近的农家小姑娘闪闪能够轻松步行去学校的原因。

　　闪闪是个漂亮的小姑娘，长着漂亮的红脸蛋，圆圆的

---

　　①　达科他州：美国过去一地区名，现分为南、北达科他州。

大眼睛有着让人微笑的魅力。她留着蓬松的长发，很容易缠在一起，所以妈妈过去常用一根宽大的发带帮她把头发扎到后面去。上学时，她会穿白棉布衬裙；想要"打扮"或"臭美"时，她会换上方格子花布裙。因为怕被太阳晒出斑来，她经常戴着一顶太阳帽，是和裙子一个材质的。

闪闪最亲密的伙伴是一个叫胖胖的小男孩，胖胖是独生子，有个在学校教书、经常倦容满面的妈妈。胖胖和闪闪差不多大，却没她高没她瘦，而是胖墩墩的；他的小圆脑袋上头发剪得短短的，经常穿着及腰衬衫和"灯笼裤"，后脑勺盖着宽大的草帽。胖胖长着一张"不苟言笑"的脸，大人在身边时，他几乎不说什么，不过跟闪闪单独玩耍时，他那张小嘴可能说了。

哈，周六学校举办野餐啦，闪闪和胖胖都参加了。达科他大草原上连一棵可以遮阳的树都没有；水也同样稀缺，只有往地下钻很深很深的洞才有水，你可能要奇怪了，这种环境下，人们去哪里野餐呢。其实呀，距离小镇三英里的地方有一条小水流（当地人称之为"小河"，其实充其量也就算一条小溪），流水裹着泥土，缓缓淌过草原，有道路横跨的地方还建了一座平坦的桥。从桥上爬下河岸，你会

胖胖

发现木桥下藏着一块阴凉的好地方，这里就是野餐的地方。

整个村子里的人都来了，他们天亮后就早早出发，赶着马车，带着一篮一篮好吃的，很快就到了木桥。

桥底下很大，足够大家舒舒服服地乘个凉，于是他们从马背上卸下鞍囊，挎上餐篮去了河岸，开始说说笑笑，好不热闹。

闪闪和胖胖却没那么在意桥下的阴凉，这对他们来说就是一个陌生的地盘，所以他们决定去探索探索，看看有没有特别之处。两个孩子连声招呼也没打，就手牵着手，一路小跑过了桥，来到桥那头的平原上。

地面并不平坦，而是起起伏伏的，好像海洋里的大波浪似的，小女孩和小男孩翻过第一波"浪尖"，也就是小山包，河那边的人就完全看不到他们了。

第一个山谷什么也没有，只能看见草，那边还有一个山包，于是他们一直走一直走，又爬上了第二个山包，这时映入他们眼帘的——是西部草原最奇特的景色。

"这是什么？"胖胖好奇地问。

"啊！是草原土拨鼠[①]小镇吧！"闪闪说。

---

① 草原土拨鼠：是一种地面松鼠，是非常社会性的动物，擅长挖洞。

闪闪和胖胖开始探险

第二章　草原土拨鼠小镇

小山谷里堆满了土丘，四面八方全是的，圆圆的，大概两英尺高，和洗澡盆差不多大，中间还有一个洞，洞的边缘被住在里面的小动物踩修过了，既瓷实又光滑。

"是不是很有趣呀！"胖胖盯着土丘说。

"相当有趣，"闪闪也盯着土丘说，"胖，你知道吗，每个洞里都住着一只小动物哦！"

"什么动物？"胖胖问。

"嗯，就是那种很像松鼠的动物，但又不是松鼠，叫草原土拨鼠。"

"我不喜欢狗①。"小男孩略显不安地说。

"啊！不是狗啦，跟狗一点儿都不搭边，它们是一种柔软、温和、毛茸茸的小动物。"闪闪说。

"它们会叫吗？"他问。

"会，但是不咬人。"

"闪闪，你是怎么知道的？"

"爸爸跟我说过很多次，他说草原土拨鼠很害羞，如果周围有人来了，它们就会蹿进洞里，但是，如果你一直安静地等待观察，它们过几分钟就会探出脑袋。"

"咱们来观察观察吧！"胖胖说。

"好呀！"闪闪表示同意。

土丘旁边凸起一块浅滩，覆着柔软的小草，两个孩子偷偷走过去，躺在上面，刚好把脑袋从上面探出来，身体却藏得非常好，草原土拨鼠小镇没有谁能看见。

"胖胖，感觉还好吗？"小女孩问。

"嗯。"

———————————

① 草原土拨鼠的英文"prairie-dogs"中带一个"dog"，即"狗"的意思。

观察中

　　"那就躺好别动，也别说话，瞪大眼睛瞧好了，小家伙可能会伸脑袋哦。"

　　"好！"胖胖说。

　　他们安安静静地等了好久，终于，一个毛茸茸的脑袋从附近洞里探了出来，一双褐色的大眼睛既温柔又好奇地望着他们。

第三章　市长鲍科先生

"天哪！"草原土拨鼠俨然在窃窃私语了，"那是从村子里来的怪人。"

"让我瞧瞧！让我瞧瞧！"两个尖细的声音叫道。两个小家伙从洞里伸出小脑袋，把锐利的目光锁到了闪闪和胖胖的头上。

"快下来！你们两个淘气包，想受伤吗？"草原土拨鼠妈妈说。

"哎，不会伤着的。"另外一个低沉的声音说。孩子们转过头，看到第二个土丘顶上坐着一只圆滚滚的草原土拨鼠，红通通的皮毛根部已经灰白，年事已高，岁数好像不

"快下去！"

小了，一副很有智慧很有思想的模样。

"那是人类。"妈妈说。

"没错，不过他们只是小孩，无论如何也不会伤害你们这些小家伙的。"老者说。

"正是！正是！我们只是想认识你们。"闪闪大喊。

"嗯，这样的话，我们很欢迎，很高兴见到你们。"老者回答。

"谢谢你。"闪闪感激地说。她那时才感受到跟草原土拨鼠聊天是如此神奇，它们也像人类似的，彼此聊天，彼此友好，仿佛是很自然的事。

其他草原土拨鼠好像被这个声音吸引了，纷纷从土丘里探出头——这儿一个，那儿一个——充满了整个土拨鼠小镇，他们蹲在洞口，打量着胖胖和闪闪，眼神充满了勇敢和好奇。

"我来做个自我介绍吧，我叫鲍科，是草原土拨鼠小镇的市长和最高长官。"那个最先表现出友好的老者说。

"你们没有国王吗？"闪闪问。

"没有，"他回答，"在美国这种自由的国度，似乎就不该有国王，不管怎样，市长和最高长官已经足够了。"

"我想也是。"小女孩回答。

"这样更好！"胖胖声称。

市长笑了笑，看起来很高兴。

"可见你们的修养很好。"他继续说，"现在我来介绍其他市民给你认识吧。她，"市长用一只小爪子指向妈妈和两个孩子蹲坐的洞口说，"是帕夫帕吉太太和她的家人——缇缇和维缇，至于帕夫帕吉先生，很遗憾，他已经因为对祷告者出言不逊，而被逐出小镇了。"

"怎么会呢？"胖胖惊讶地问。

"他一直很古怪，喜欢标新立异，他的好老婆——帕夫帕吉太太整天都要责骂他，所以到了最后，我们让他离开了，现在也不知道他的下落。"市长叹了口气说。

"离开自己的孩子，他不难过吗？"闪闪遗憾地问。

"我想他会难过的，但乖戾的人就该承担这样的后果。这是卡科道夫先生。"市长接着说，一个胖乎乎的草原土拨鼠礼貌地朝他们鞠了个躬。"这是福兹克姆太太，这是伽特拜太太，这是斯尼斯列先生和杜泽姆医生。"

这些人都礼貌庄重地鞠了躬，胖胖和闪闪一个一个地回礼，点头点到脖子都疼了，周围蹲的草原土拨鼠太多，

帕夫帕吉先生出言不逊

市长好像永远也介绍不完。

　　"我根本分不清它们，长得都一样呀。"小女孩低声说。

　　"有的胖一些，不过我也分不清是哪些。"胖胖观察后说。

第四章　魔法师普雷斯托·蒂吉

"现在，如果你们愿意，我们将十分乐意带你们到我们的房子参观参观。"市长鲍科友好地说。

"可我们参观不了呀，我们个子太大了。"她站起身，坐到浅滩上，向市长展示他们比草原土拨鼠大多少。

"哈，一点问题也没有，我会把魔法师普雷斯托·蒂吉找来，他能让你们变小。"市长回答。

"可以吗？"闪闪疑惑地问。

"我们的魔法师无所不能。"市长说完，坐了下来，把两只前爪放到嘴里，发出一个奇怪的声响，有点像狗叫声，有点像口哨声，可又都不是。

市长鲍科先生

大家开始静静地等待，直到一只年迈的草原土拨鼠从中间一个大土丘里缓缓探出脑袋，样子非常怪异。

"早上好！普雷斯托·蒂吉先生！"市长说。

"早上好！"魔法师眨巴眨巴眼睛说，好像刚刚睡醒。

看到这个骨瘦如柴的家伙，闪闪差点笑了出来，幸好她板住了脸，忍着没笑，因为她可不想冒犯这位魔法师。

"今早来了两位客人。"市长接着对魔法师说，"我们想邀请他们留下来吃午餐，可惜他们个子太大了，进不了地下室，如果你能帮他们缩缩形，那就太好了。"

"就这些吗？"普雷斯托·蒂吉冲着孩子们点头问道。

"这对我来说可是桩大事，我怕你搞不定哦！"闪闪回答。

"哇哈！"魔术师说，他的语气如此轻蔑，简直就像一声狗叫，"我一只手就能搞定，过来，到我这儿来，别踩着我们的土丘，你们实在太大太重啦。"

闪闪和胖胖站起身，慢慢朝魔法师走去，每迈出一步都万分小心。他们走过来时，缇缇和维缇吓得直叫唤，还把脑袋缩了回去，等两个"庞然大物"过去以后，它们又好奇地伸出小脑袋。

两个孩子站到了普雷斯托·蒂吉的土丘前，魔法师挥动一条瘦得只剩皮包骨的爪子，同时喉咙深处发出一种咕咕声，他的眼珠子来回滚转，样子古怪极了。

闪闪和胖胖没感受到魔法，也没感到什么异常，不过他们知道自己在缩小，因为魔法师离他们越来越近。

"够小了吗？"过了一会儿，普雷斯托先生问。

"请再小一点儿吧，我可不想看到他们的头撞上门廊。"市长回答道。

于是魔法师再次挥舞爪子，又是咯咯笑、又是咕咕叫、又是眨巴眼的，闪闪突然发现自己需要仰视这个蹲在土丘上的魔法师了。

"停！"她尖叫道，"再继续的话，就把我们变没了！"

"这个尺寸刚刚好。"市长开心地端详着他们说。小姑娘转过身，看到鲍科先生和帕夫帕吉太太正站在身边，她很容易就看出胖胖和他们差不多大，自己也是。

"请先跟我来，我的两个小宝贝急着要跟你们认识呢！因为是我最先发现你们的，所以你们要先做我的客人，之后再去市长家吃午餐。"

普雷斯托·蒂吉先生变魔术

第五章　帕夫帕吉的家

　　闪闪和胖胖手牵着手，朝帕夫帕吉家的土丘小跑过去，脚变小后，感觉地面粗糙颠簸了许多，真是太奇怪了。他们笨拙地爬上土丘的斜坡，来到洞前，发现洞口好像有一口井那么大了。洞口不深，是那种贯穿小山和土丘的地道，闪闪意识到只要他们小心翼翼，就不会滑倒或摔跤。

　　帕夫帕吉太太习惯性地跳进土洞，快得就像一道光，然后在洞口下等着引导他们。闪闪向下滑进地道，胖胖紧随其后，然后开始继续下行。

　　"这里有点黑，不过我已经让侍女把蜡烛点上了，房间里的光线很好。"帕夫帕吉太太说。

脚变小了，路面也显得崎岖了

"谢谢。"闪闪一边说一边沿着大厅走，她一直用手在走道光滑的一面不停地摸索探路。"希望我们的到来不会给你带来什么麻烦，你不用刻意去准备什么。"

"我懂得待客之道，你晓得的，我们可是'名流'。有些人的确不知道该做些什么，该怎么做，可我帕夫帕吉不会那样。嘿！缇缇，维缇，你们两个小家伙——快走开，消停点，很快就能好好看客人了。"

他们来到一个舒适的房间，极尽华丽，闪闪惊诧地把眼睛瞪得老大。

房子大大的，呈圆形，墙上画着帕夫帕吉家族的肖像画，都是英俊的草原土拨鼠。屋子里的家具是白色黏土的，在太阳下烘烤得很结实，上面点缀着蓝色黏土、红色黏土和黄色黏土的图画，美呆了。屋子中间有一张圆桌，几把舒适的椅子和沙发，绕墙摆了很多小烛台，照得屋里亮堂堂的。

"请坐！参观屋子前，你们会想歇一歇的。"帕夫帕吉说。

闪闪和胖胖坐到漂亮的黏土椅子上，缇缇和维缇坐在对面，淘气地瞪着圆溜溜的眼睛望着他们。

"多漂亮的家具啊！"小姑娘感叹。

"是呀，都是帕夫帕吉先生亲手做的，他的手很巧，可惜变成了老顽固，真是丢人。"帕夫帕吉太太抬起头，望着那个脸色惨兮兮的肖像说道。

"房子也是他造的？"

"嗯，是他造的，如果你指的是挖洞的话。不过在怎么挖这个问题上，我也是给了他建议的，所以荣誉也该有我的一半。房子挨着市长家，是我们镇子里最好的一座，也符合我们的社会地位。维缇！把爪子拿出来！又开始啃爪子了！"

"我没啃！"维缇说。

"现在，如果你们休息够了，咱们就去其他房间转转吧！"帕夫帕吉太太接着说。

于是他们站起身，跟着帕夫帕吉太太穿过拱道，进了餐厅，橱柜里的餐具好袖珍啊，闪闪从未见过这么精巧可爱的碗碟，都是黏土做的，被太阳烘烤得很硬实，造型高雅，光滑完美程度几乎可以和人类的相媲美。

帕夫帕吉先生的肖像

第六章　缇缇和维缇

　　餐厅四周的墙面上挂满了瓶瓶罐罐，里面装的全是草原土拨鼠喜欢吃的东西，一个罐子里装了苜蓿种子，另一个装着甜菜根，还有一个装了干桑叶——肯定是从很远的地方运来的，有的地方还堆着玉米粒，未来一段日子，帕夫帕吉夫人肯定不用担心挨饿了。

　　"缇缇！把麦粒放回去！"妈妈很严肃地命令道。

　　缇缇没有听妈妈的话，而是把麦粒放到嘴里，快速嚼了起来。

　　"小家伙们太不让人省心，难管着呢！"帕夫帕吉太太对闪闪说。

孩子们参观餐厅

"他们不听话。"胖胖紧紧盯着孩子们说。

"是啊，他们遗传了爸爸的顽固，不好意思，请等一下，我来教训教训他们，这对他们来说不是坏事。"帕夫帕吉太太说。

但是还没等妈妈到跟前，两个孩子之间就发生了内讧。因为被哥哥维缇掐了一下，缇缇便踢了回去，维缇也不甘示弱，全力回击，于是扭打起来。他们用爪子抓对方，用牙齿咬对方，在地上滚来滚去，撞上墙壁，掀翻椅子，像两只小狗一样咆哮怒吼。

帕夫帕吉太太坐下来观望，没有干涉。

"他们不会受伤吗？"闪闪不安地问。

"可能会，那也是他们自找的。我通常会让他们打个够，因为接下来的一两天他们会疼得老老实实地待着，我也能省点心。"妈妈说。

维缇大嚎一声，同时，缇缇从战败的哥哥身上退了出来，仔细地盯着他。他们身上的皮毛已经被搞得一团糟，维缇鼻子上还有一道长长的抓痕，肯定很疼，否则他也不会那样叫；缇缇紧紧闭着左眼，默默忍着伤痛。

帕夫帕吉太太出面了，她把两个顽皮的孩子推进一个小房间，锁上门，告诉他们要一直待到睡觉时间才可以出来。然后带着闪闪和胖胖进了厨房，向他们展示了一个大黏土盆里干净的清水，她说这些是上次下雨时收集的雨水，可以饮用，两个孩子喝了一口，口感甘甜清冽。

之后他们参观了卧室，看到草原土拨鼠的床其实就是一个用黏土堆成的圆洞而已，他们经常蜷着睡觉，所以圆洞的尺寸正好合适，毋庸置疑，这样很舒服。

帕夫帕吉家很大，有好几间卧室，清凉舒适，虽然在地下，却一点儿也不潮湿。

客人对所有东西都赞不绝口，这让帕夫帕吉太太既高兴又自豪，她从烛台上拿起一根点燃的蜡烛，说要护送他们去尊敬的鲍科市长先生家。

维缇和缇缇打了起来

第七章　市长设宴

"我们不用先上去，再出去吗？"闪闪问。

"不用，重要的房子都有大厅连着，跟着我就不会走丢了。"草原土拨鼠回答。

穿过几个曲折的走道以后，小女孩心里想，要是没有这位向导带路，还真是容易迷路啊。他们转来转去，特别绕，四面八方全是地道，真奇怪帕夫帕吉太太怎么会知道该怎么走。

"你们应该设些路标才对。"曾在城市里待过的胖胖说。

"为什么呀？镇子里的居民都认识路，也不经常来客人。上周一只灰鹰来做客，过了一两天，我们还为她举办了盛

市长家的午宴

大的舞会呢。不过你们是我们招待的第一批人类，我们可是很重视呢。"几分钟后，她说，"到了，这就是市长家了。"穿过一条宽敞的拱道后，帕夫帕吉太太吹灭了蜡烛，因为市长家灯火通明。

"欢迎光临！"鲍科先生礼貌地鞠躬打招呼，"你们来得太及时了，午宴已经准备好了，客人们正在恭候呢！"

市长立即把他们引进一间宽敞的餐厅，墙上刷着五颜六色的黏土，就像六月的彩虹。

"很高兴你们能喜欢，"市长欢快地说，"有些人没品位，说这样太花哨，不过我认为市长的房子就该这么炫，这才符合身份嘛。房子是由我的祖父设计和粉刷的，他可是位很棒的艺术家哦。午宴准备好了，请就座吧！"

他们坐到圆桌周围的小黏土椅子上，市长坐在闪闪一边，帕夫帕吉太太坐在另一边，胖胖则坐在瘦骨嶙峋的老魔法师和斯尼斯列先生中间。席间还有杜泽姆医生、伽特拜太太、福兹克姆太太和其他几个人。果然是个大阵容，可见市长先生很重视这个场合哦！

几个利落的草原土拨鼠侍卫在一旁服务，它们身着白围裙，头戴白帽子，干净整洁，举止优雅，令人心生尊敬。

闪闪和胖胖都不饿，但是他们对草原土拨鼠的饮食很好奇，所以上菜时，一直盯着各色菜肴研究。因为草原土拨鼠不吃肉，因此饭菜里只有谷物和蔬菜。首盘是芳草花汤；接着是煮黄玉米片，切得薄薄的；然后是蓟叶沙拉和燕麦面包；甜点是一种甜甜的黑蜂蜜，由草原蜜蜂酿造而成；还有一些蛋糕，是甜香根口味的，只有草原土拨鼠才能找到那种植物。

孩子们只是礼节性地品尝了几道菜，吃得并不多。胖胖一直目不转睛地望着普雷斯托·蒂吉先生，他把面前的饭菜吃了个精光，却好像丝毫没减弱饭前的饥饿感。

帕夫帕吉太太一直在唠叨帕夫帕吉家族的社会地位和尊严等问题，根本腾不出时间来吃饭，不过她最后向厨师要了芳草花汤的烹饪秘方。大部分人的食欲都很好，一直在全神贯注地享用午宴。

福兹克姆太太献唱

第八章　回到地面上

之后，他们全部来到客厅，福兹克姆太太尖着嗓子为大家高歌了一曲，斯尼斯列先生和伽特拜太太跳了一支优雅的小步舞①，引来了全场的艳羡赞叹。

"我们该回家啦，我怕大家会担心我们。"娱乐活动结束后，闪闪说。

"真遗憾要跟你们说拜拜，不过，如果你们认为该走了，我们也不会强留的。"市长回答。

---

① 小步舞是17世纪欧洲流行的宫廷舞，源于法国西部布列塔尼地区的农民舞蹈布朗尔。基本的步法是一种朴实无华的小步，因此而得名。

"你们会发现我们很有修养的。"帕夫帕吉太太补充了一句。

"我想变回以前的大小。"胖胖说。

"没问题，请到这边来。"市长说。

他们跟着市长穿过一条长长的走廊，然后开始像爬山一样往上爬，一股光柱从前方射进来，再走几步就到了土丘中间的洞口。

市长和帕夫帕吉太太先跳出来，再把闪闪和胖胖拉上来，强烈的阳光照得他们眯了会儿眼，等到睁开眼，四处望去，每个上丘都探出一个或几个草原土拨鼠脑袋。

"好了，普雷斯托·蒂吉先生，请把我们的朋友放大回原状吧。"所有人都站到地面上时，市长说。

"这个太简单了，市长，我真希望你能给我派点有难度的活儿。"魔法师叹了口气说。

"以后会的，"市长承诺，"不过现在只有这个要求。"

魔法师像之前那样挥挥爪子，咕哝起来，只见闪闪和胖胖开始变大，膨胀，直到变回以前的样子，草原土拨鼠在他们面前又变成了小不点。

"再见！谢谢，非常感谢你们的善意款待。"小女孩说。

"你觉得刚刚是在做梦吗？"

　　"再见！"草原土拨鼠们用细弱的声音集体喊道，接着便缩回洞里不见了。

　　闪闪和胖胖发现自己又坐到了绿色的浅滩边，边上就是草原土拨鼠小镇。

　　"胖胖，你觉得咱们刚刚是在睡梦里吗？"小姑娘问。

　　"当然不是，道理很简单，闪闪，我现在困着呢！"胖胖打了个哈欠说。